마을의 기적을 이루어가는 '선인류' 이야기

생태공동체 뚝딱 만들기

생태공동체
뚝딱
만들기

로어＋시골 한의사＋포근포근＋지구소풍＋제주 노임팩트맨
＋편백향기＋곱딱한 알작지＋희망피리

수선재

나는 새로운 시대의 문턱에 서 있다.
주위를 둘러보니 아름답고 놀라운 세상이 펼쳐져 있다.

어떻게 이런 일이 가능했을까?

국내외에 많은 생태공동체들이 생겨 각자의 이상을 실현하고 있습니다. 이 책은 그 중에 생태적인 삶과 함께 교육, 문화, 영성 등 다양한 실험을 하고 있는 '선애빌'을 갓 꾸린 사람들의 따끈따끈한 이야기입니다. 각자의 분야에서 잘 살아가던 8명의 사람이 어떻게 공동체의 주민으로 살게 되었는지 들어볼 수 있습니다.

미국인이 뉴욕에서 한국문화에 기반을 둔 생태공동체를 만들어 가는 이야기, 세 아들을 둔 40대 가장이 직장을 떠나 대안적인 교육과 삶을 실천하는 사연, 난데없이 제주 생태마을 가꾸기에 올인한 비즈니스맨의 인생 고백, 어쩌다보니 양치기 소년이 된 환경운동가의 변명 등 평범하면서도 특별한 우리 이웃들이 진정한 삶을 찾으며 겪는 진솔한 이야기입니다.

이 책을 통해 생태공동체가 왜 '만병통치약'이라고 할 정도로 현대사회의 제반문제에 대한 해법이 되는지 알 수 있을 것입니다. 그것은 반드시 전문적이거나 낯선 것이 아니라 원한다면 누구나 도전할 수 있는 삶의 형태입니다.

진정 원하는 삶을 살고 싶은데 여건이 허락하지 않거나, 답답한 현실을 벗어나 새로운 삶에 도전하고 싶지만 방법을 모른다거나, 대도시보다는 푸르른 자연 속에서 행복을 찾고 싶은 30~40대 직장인이라면 꼭 읽어 보시길 권해 드립니다.

이 시대에 길을 찾는 많은 분들에게 이 책이 조금이라도 도움이 되길 바라며 '더불어 행복한' 세상을 향해 용감한 도전을 뚝딱 시도한, 미련하지만 선한 사람들의 이야기를 시작합니다. 자, 그럼 '마을의 기적' 속으로 들어가 볼까요?

생태공동체를 '뚝딱' 만든 이유

얼마 전 흥미로운 기사를 보았다. 중견 기업에 다니는 남편과 두 자녀를 둔 30대 직장인의 사연이었다. "맞벌이를 해도 도무지 돈이 모이지 않는다."며 답답해하고 있었다. 들여다보니 본인과 남편의 월급을 합하면 월 소득이 600만 원이 넘는 가정이었다. 그런데 매달 나갈 돈이 나가고 나면 통장에는 8만 원만 남으며, 경조사가 겹치는 달에는 마이너스 통장까지 사용한다는 것이었다. 도대체 그 돈을 다 어디에 쓰는 걸까?

자세히 보니, 자녀의 학원비 등 교육비가 100여만 원, 부부의 교통비와 통신료 등 필수 생활비가 120만 원, 아파트 관리비와 보험료 등이 110만 원에, 아파트를 구입하면서 받은 은행 대출금도 매월 180만 원씩 나가고 있었다. 상세 항목을 보니 나름 검약하게 사는 가정이었고, 사치품에 낭비하는 돈은 거의 없었다.

모든 시간을 바쳐 직장에 나가 돈을 벌지만 어떻게 쓰는지도 모르게 사라지는 것이다. 그러느라 아이들 돌볼 시간도 없고 집안도 엉망이며 자기계발은 요원하다. 여유 있고 행복한 삶은 은퇴 후에나 생각해볼 수 있을까. 그마저도 평균수명이 늘어나면서 길고 가난한 노년에 대한 걱정이 팽배하고 있다. 진짜 나의 삶, 내가 원하는 삶은 언제 살아본단 말인가?

생태공동체를 '뚝딱' 만들게 된 것에는 이런 이유가 맨 앞에 자리하고 있다. 명상학교에서 만난 우리들은 오랫동안 자연과 함께하는 삶을 꿈꾸어 오다 이런저런 이유로 시기를 당기게 되었다. 최근 거세게 불고 있는 귀농귀촌 바람도 이와 무관하지는 않을 것이다. 도심을 떠나는 가구 수가 10년 전보다 10배 이상 증가했으며, 이미 전년 대비 2배 이상이라는 통계치는 이를 증명한다. 한때 '묻지 마 상경'이 거대한 흐름이었던 것과 반대로 '도심탈출 엑소더스'가 시작되는 것일까.

그러나 막상 실행에 옮기기에는 많은 불안 요소가 있고 그중에서도 큰 것이 생계문제일 것이다. 지금의 생활 기반을 이탈하면 어떻게 먹고살 것인가 하는 것이다. 그리고 다음으로는 자녀 교육 문제와 문화적인 혜택 등일 것이다. 모두 우리가 고려했던 것들로서, 생태공동체를 시작하니 대부분 해결이 되었다. 무슨 일이 일어난 걸까?

시골에서는 우선 생활비가 많이 들지 않는다. 위에서 언급한 가정의 월수입 정도면 온 마을이 한 달간 생활을 할 수도 있다. 믿어지지 않을지 모르지만 사실이다. 물론 처음 땅을 마련하고 집을 지을 때는 공동으로 투자를 해야 했다. 그러나 일단 들어오고 나면 주거비나 아파트 대출금은 더 이상 나의 삶과 연관이 없어진다.

하지만 전원생활도 적잖이 돈이 든다고 하실 분도 계실 것이다. 누구는 그림 같은 전원주택에 살고 싶지 않아서 못 사는가. 배부른 소리다!

마침 인터넷에서 또 재미있는 기사를 보았다. 어떤 분이 귀촌해서 60만 원으로 한 달을 살아내는 것을 매월 생중계를 하고 계셨다. 첫 달은 성공했으나 다음 달은 자동차 때문에 실패, 이런 식으로 몇 달째 성공과 실패를 반복하는데, 그 장부를 공개하는 것이 아슬아슬하고 스릴 있었다. 60만 원으로 사는 것이 그렇게나 어려운 일이란 말인가. 그리고 과연 초보농부가 농사로 그만큼이나 벌 수 있을까?

그런데 귀촌 방식이 개인이 아닌 공동체가 되면 문제가 달라진다. 개인의 생활은 존중하되 많은 부분을 공동으로 해결하기 때문이다. 공동 주방에서 함께 식사 준비를 하므로 식비가 많이 들지 않고 세탁기와 냉장고 등 가능한 가전제품도 공용으로 사용한다. 먹는 물은 지하수를 이용하며 생활용수는 빗물을 저장해서 사용한다. 천연 재료로 비누와 세제를 만드는 등 웬만한 것은 직접 만들어 쓴다. 생활용품도 공동으로 보관하기 때문에 수납공간이 많이 필요하지 않아 집은 크지 않아도 넉넉하게 살 수 있다.

그리고 에너지 사용을 최소화하고 쓰레기를 만들지 않는 생활을 하고자 하므로 환경오염을 줄일 수 있다.

집집마다 엄청난 전기를 소비하며 가전제품을 돌리고, 불필요한 물건들을 사들여 쓰레기를 만들고, 저마다 수세식 화장실을 사용하는 폐해는 이미 많은 책에서 누누이 언급하였으므로 여기서 더하지는 않으려 한다. 다만, 인도의 10억 인구가 화장지를 사용한다면 지구의 숲은 급속도로 사라질 것이며 인간도 살기 어려워질 거라는 예측이 떠오른다. 말마따나, 그 많은 화장지는 어디에서 오는가? 이 많은 공산품은 무엇으로 만들어지는가? 생각하면 아찔하니 이만 넘어가겠다.

무엇보다, 생태공동체는 아이들이 행복한 곳이다. 아이들은 자연 속에서 마음껏 뛰놀 수 있으며, 자신이 원하는 것을 선택해서 배울 수 있다. 그래선지 한자투성이 두꺼운 고전을 일주일 만에 독파한다. 아이들이 갑자기 천재가 되었단 말인가? 하고 싶은 걸 신나서 하는 것만큼 강력한 동기는 없을 것이다.

게다가 둘러보면 지천으로 널려있는 들풀과 열매가 맛있는 유기농 음식이 되고, 맑은 공기와 싱싱한 자연 등 도시와는 비교도 되지 않는 환경과 생태적인 삶으로 인해 저절로 얻어지는 건강은 말할 것도 없다.

또한 가장 큰 장점인 '생활의 여유'는 덤으로 얻어지는 공동체의 선물이다.

회사나 무언가에 바친 인생이 아니라, 나의 시간을 내가 원하는 일에 사용할 수 있다는 것! 도시에서 누릴 수 없는 가장 큰 차이라고 입을 모아 말한다. 그럼 뭘 해야 하지? 오랫동안 정해진 틀에 의해 살아왔기 때문에 그렇지 않은 생활을 상상조차 안 해본 사람도 많을 것이다. 그러나 우리 마을에 할 일이 없어 심심한 사람은 없는 것 같다. 여유가 있으니 아이디어가 샘솟는지 다들 활력 넘치게 지내고 있다.

평생을 국방연구원에 다니며 무기를 개발하던 박사님은 이제 틈틈이 빗물 저장장치를 개발하고 대체 에너지를 연구한다. 그러다 혹시 무한동력기라도 발명하시지 않을까 다들 기대하고 있다. 대기업 비서실에서 24시간 남의 인생을 받쳐주며 위장병에 시달리던 직장인은 악기를 배우고 생태공동체 체험여행을 기획하고 있다.

병원 약국에서 늘 과로에 부은 몸으로 본인이 환자인지 모르는 생활을 하던 약사는 마을 의원에서 약국놀이를 하며 그리고 싶던 그림을 맘껏 그리고 있다. 마을 곳곳의 벽은 이미 도화지가 되어 알록달록 벽화로 채워졌다.

이 책은 이처럼 기존의 생활을 탈피하여 행복을 찾은 평범한 사람들의 이야기로 가득하다. 대안적인 삶을 살 수 있는 생태공동체의 필요성을 느끼고는 엄청난 추진력으로 뚝딱 마을을 만들어 버린 화끈한 사람들이다. 하지만 우리가 이러한 삶을 선택한 것은 경제적인 이유나 개인적인 행복 때문만은 아니다. 그런 이유만이라면, 기존의 사회에서도 충분히 잘살 수 있는 사람이 많았다.

그러나 일상에서 조금만 고개를 들어보면 우리가 살고 있는 이 시대가 얼마나 모래 위에 지어진 성처럼 불안한 상황인지 알 수 있을 것이다. 점점 지진과 화산 등 자연재해의

강도가 강해지고 발생빈도도 높아지고 있다. 지난 10년 동안 화산이 발생한 것보다 작년 한 해에 발생한 회수가 10배가 넘는다고 한다. 인간의 이기심으로 인한 환경오염과 기후 변화가 이젠 인간의 생존을 위협하고 있는 것이다. 무서운 속도로 빙하가 녹고 해수면이 상승하고 있으며 곳곳에서 동물이 떼죽음으로 사라지고 있다. 허리케인과 토네이도는 점점 증가하며 자연의 분노를 되돌리는 듯하다.

그런데 사람들은 먹고사느라 너무 바빠 이런 일들에 신경쓸 여유가 없는 것 같다. 이 상황을 난파해 가는 배 위에서 열심히 밥을 짓고 있는 것에 비유하면 지나친 비약일까? 지구상에 있는 우리는 같은 배를 타고 삶이라는 항해를 하고 있는 공동운명체라고 할 수 있을 것이다. 우리의 행복과 진화는 지구라는 배가 계속 안전하게 나아간다는 가정 하에 가능하다. 그런데 지금까지 우리는 어디쯤 와 있는지, 지구의 상태는 어떠한지 살펴보지도 않고 살아온 것은 아닐지. 지구라는 별에는 사용설명서가 없다지만, 요즘에는 언뜻 봐도 매우 위태롭고 정상이 아닌 것 같다.

이제야 말하지만 생태공동체를 뚝딱! 만들지 않을 수 없었던 가장 큰 이유는, 이러한 사실을 인지하였기 때문이다. 지구의 위기를 조금이라도 늦추고자 하는 작은 움직임이다. 지구 인구가 수십억인데 몇 사람이 생활을 바꾼다고 무슨 눈에 띄는 변화가 있을까? 그러나 우리는 한 사람에서 시작하는 것이 중요하다고 보았다. 천 리 길도 한 걸음으로 시작하고, 대통령도 한 사람 한 사람의 표가 모여 만들어진다. 한 사람이 변화한다면 곧 이웃에 전해지고 그렇게 지구를 한 바퀴 돌게 될 것이라고 생각한다. 실제로 우리의 뜻을 가감 없이 전했을 때 온 마음으로 공감하고 동참하는 사람들이 많이 있었고 지금도 점점 늘어나고 있다.

그렇게나 단기간에 뚝딱 만들어진 생태명상공동체 '선애빌' 신화는 바로 이러한 배경 위에서 가능하였다. 놀랍게도 국내에만 벌써 4~5곳에 마을이 조성되었고, 해외에도 뜻을 함께 하는 분들이 늘어나고 있다.

선애빌의 주민들은 자신의 돈과 시간을 내어 기꺼이 사과나무를 심고 있는 사람들이다. 용기 있게 삶의 방식을 바꾸고 행복을 스스로 만들어가고 있는 우리 마을 사람들을 자랑스럽게 공개한다.

많이 벌어도 늘 부족한 풍요속의 빈곤이 아니라, '물질은 소박하지만 마음은 넉넉하게' 살아가는 마을의 기적을 함께 경험하고 싶어서 책을 쓰게 되었다. 이 책에는 마을 주민 중 대표적인 몇 분의 라이프 스토리가 들어있다. 공동체에 합류하기까지의 인생에 대한 진지한 성찰과 함께 비움을 실천하며 더불어 살아가는 현재의 생활에 대한 잔잔한 소회를 엿볼 수 있다.

이렇게 괜찮은 분들이 많이 있는 우리 마을에
관심 있는 여러분을 초대한다.

2012. 6. 15
선애빌 공동체

정말 중요한 가능성 앞에서

김재형 | 죽곡농민열린도서관 관장, 보따리학교 교장

얼마 전 미국에 있는 선애빌 공동체와 함께 화상 통화를 이용한 회의를 진행했습니다.

회의를 하기 전에 그곳에서 보내온 메일을 보면서 미노타우로스의 미로를 찾아 들어가는 것보다 더 어려운 과제라는 생각이 들었습니다. 신화 속 주인공 테세우스가 아리아드네의 실타래에 의지하여 미로를 찾아 들어가듯이, 아주 작은 가능성을 가지고 회의를 이끌어 나갔습니다.

정말 미세한 가능성이어서 그 속에서 해결의 실마리를 잡기 위해서는 정말 온전한 집중이 필요합니다. 미국과 한국은 11시간의 시차가 있어 밤낮이 바뀌어 있었고, 한국과 미국 양쪽에서 통역을 해야 했습니다. 거기다 화상 통화로는 전체를 함께

볼 수 없어 구성원들의 미세한 감정 변화를 읽을 수도 없었습니다.

이런 조건이면 좋은 결과를 얻기는 거의 불가능합니다.

저는 엄청난 에너지를 쓰면서 집중하고 있었고, 그런 긴장을 거의 밤새 유지했습니다. 그런데, 아침이 되면서 결국 공동체 구성원 모두가 동의할 수 있는 실마리가 잡혔습니다. 오랫동안 공동체를 짓눌렀던 고통의 지점이 해소되는 순간이었습니다.

인간의 몸으로 치면 동맥경화 같은 흐름을 막는 기운이 어느 공동체이든 다 있습니다. 이렇게 막힌 기운을 잘 풀어서 새로운 몸을 만드는 공동체와 공동체의 모순을 견디지 못하고 무너지는 공동체는 어떤 차이가 있을까요?

'집중하는 힘'이 있느냐 없느냐의 차이입니다. 저는 그것을 '충忠'이라고 부릅니다.

충이란 보통 임금에 대한 충성이라는 개념으로 이해하는데, 훨씬 더 넓은 의미를 가지고 있습니다. 충의 본질적인 의미는 개인이나 공동체, 사회 집단이 지향하는 가치를 향해서 온 마음을 다해 집중하는 것입니다. 믿음과 정성을 가지고 온 마음을 다해 하나의 문제를 넘는 과정에 반드시 충이라는 심성이 필요합니다.

명상학교 수선재에서 만든 공동체 마을 '선애빌'을 보면서 제가 계속 느끼는 것은 '이분들은 정말 충이 있는 분들이구나' 하는 것입니다. 때론 그것이 지나쳐서 오해를 사기도 합니다. 처음 선애빌이 각 지역에 건설되기 시작했을 때 그런 이유로 이웃들은 의혹의 시선으로 바라보기 일쑤였습니다. 그들은 공공연히 지구와 문명의 위기를 이야기했고, 믿기 어려울 정도로 빠른 기간에 도시에서의 삶을 정리했으니까요.

그렇게 오해받으면서도 변명도 하지 않았고, 이해를 얻기 위해 자기를 드러내지도 않던 분들이 지난해 제게 손을 내밀었습니다. 소통이 시작되었습니다.

20살이 되면서부터 저는 공동체 경험을 했습니다. 같은 종교를 가진 대학 친구들과 함께하는 자취 공동체였습니다. 예전이나 지금이나 가난한 대학생들은 자취 공간을 같이 쓰는 경우가 많습니다. 혼자서 집을 쓸 비용을 감당할 수 없기 때문입니다.

가난한 대학생이 어쩔 수 없이 선택했던 공동체의 경험은 이후 새로운 세상을 구상하는 기초가 되었습니다. 대학을 졸업하면서 농촌에서 농민과 함께 살기로 결단하고 40대 후반이 되는 지금까지 그 생각을 이어온 이유는, 농민이 되고 싶어서가 아니라 농촌에서 자급에 기반을 둔 새로운 사회를 건설하고 싶어서였습니다.

그러나, 가난하지만 함께하므로 풍요로운 삶이라는 공동체의 이상을 현실화하는 건 쉬운 일이 아닙니다. 여러 가지 도전을 했지만 성공보다는 실패가 많았고 성공했다는 평가를 받더라도 대부분은 일정 정도 현실과 타협한 결과였습니다.

수선재는 성공과 실패를 떠나서 제가 오랜 시간 공동체라는 과제를 풀기 위해 애써 왔다는 사실에 주목했고, 함께할 과제를 찾고자 했습니다. 현재 제가 수선재에서 하는 공식적인 역할은 공동체 학교인 '선애학교 명예교장'입니다. 주로 학교에 대한 자문을 하고 있습니다. 이 역할을 맡은 지 이제 3달 정도 되어 가는데, 그 사이에 선애학교는 한국의 대안학교 중에서 최고의 수준으로 전환되고 있습니다.

한국에서 교육은 가장 어려운 과제인데 어떻게 했기에 이런 성과가 이토록 짧은 기간에 이루어질 수 있을까요?

이것도 결국 '충'의 문제였습니다. 선애학교 아이들은 선애빌의 부모들이 사는 삶을 보고 있었고, 그들도 알게 모르게 삶에 집중하는 기술을 익히고 있었던 겁니다.

명상학교 수선재에 기반을 둔 선애빌 공동체는 기초적인 건설과 내부 정비를 마친 뒤 올해 3월부터는 언론을 통해 자신의 삶을 공개하기 시작했습니다. 집중해야 할 시기에 다른 데 시간을 쓰지 않기 위해 그동안 공개를 미루고 있었던 것입니다.

이 책에서 다루는 수선재 사람들의 이야기는 충이라는 심성을 잃어버리고 유행에 따라 휘둘리며 어디에도 마음을 붙이지 못하고 사는 우리들에게 '온 마음을 모아 사는 것'이 어떤 삶인지 보여주는 내용으로 가득합니다. 이 책의 주인공들 모두 사회적 인정을 받는 사람들이었지만 온전한 마음의 집중을 통해 삶의 변화를 만들어 냈습니다.

그러나, 아직은 가능성이 확인된 정도라고 봐야 합니다.
공동체의 성공은 결코 쉬운 게 아닙니다. 여러 사람의 힘과 의지, 도움이 모아져야 겨우 자립할 수 있습니다. 제가 선애빌이 가진 가능성을 보고 그 가능성에 집중했듯이, 이 책을 읽는 분들이 그 가능성을 볼 수 있길 바랍니다.

전 세계 어디에도 공동체를 만들 때 선애빌 정도의 규모를 이렇게 단기간에 뚝딱 만든 사례가 없습니다. 거기다 민족과 국가, 종교를 넘어선 실험을 동시에 한 사례도 많지 않습니다.

이 부분은 공동체를 만들려고 하거나 공동체적 삶을 실험하는 많은 사람들이 주목해서 봐야 할 점입니다. 왜 우린 오랫동안 준비해도 안 되는데 선애빌은 가능했을까?

이 질문의 답과 실마리가 이 책 속에 있습니다.

정말 중요한 노하우를 공개한 겁니다. 그들이 왜 이걸 공개했느냐 하면, 우리 시대를 읽는 중요한 키워드인 '지구 위기 시대'의 대안은 생태공동체밖에 없기 때문입니다. 에너지와 소비를 줄이고 검소하고 소박한 삶에서 행복을 찾는 사람들이 선택할 수 있는 대안이 그렇게 많질 않습니다. 이 과정을 집중적으로 단기간에 이룬 선애빌의 사례는 주의 깊게 보고 공부해야 합니다.

이제 생태공동체의 대안을 찾기 위해 인도의 오로빌, 스코틀랜드의 핀드혼 대신 한국의 선애빌을 찾는 날도 그렇게 멀지 않을 겁니다.

선애빌은 한국의 선인仙人들이 가졌던 오래된 지혜를 간직하고 있으면서도 지구 위기에 대응할 수 있는 현실적인 감각 또한 가지고 있습니다. 거기다 어떤 분야에 집중하면 단시간에 성과를 내는 집중력도 가지고 있습니다.

우리 시대, 세계적 가치를 가지는 공동체의 탄생이 눈앞에 있습니다.

차 례

거대하고 아름다운 자연 앞에서
인간은 한없이 작은 자신을 느끼며
인간과 자연이 공존해야 함을
알게 될 것입니다

푸른 눈의 한국인,
선仙에 빠지다

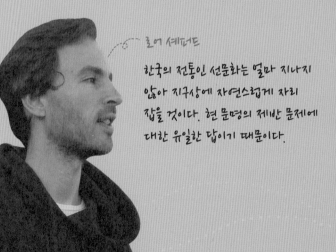

로어 셰퍼드

한국의 전통인 선문화는 얼마 지나지
않아 지구상에 자연스럽게 자리
잡을 것이다. 현 문명의 제반 문제에
대한 유일한 답이기 때문이다.

아버지의 가르침

내가 태어난 곳은 캘리포니아 주의 샌프란시스코이다. 부모님은 소위 히피족이었다.

집에서 부모님은 거의 말이 없으셨다. 어머니는 유기농 정원을 가꾸고 일본식 채식요리를 하셨다. 새를 열 마리나 기르셨는데 새장에 가두는 걸 좋아하지 않으셔서 항상 집 여기저기에 새들이 날아다녔다. 그 중 푸른색과 황금색 깃털을 가진 마코앵무새가 있었는데, 종일 "로어, 로어, 로어"라고 떠들어댔다. 친구들은 전화기 너머로 "로어, 네 형이 부르는 거 아니야?" 묻곤 했다.

아버지는 로큰롤과 영화를 좋아하셨는데, 방을 나서는 일이 거의 없었다. 아버지의 책꽂이에는 불교서적, 침술, 유기농 음식, 자연에 관한 책이 가득했다. 내가 열 살 때 아버지는 나를 가까이 부르시고는 "오늘 네게 삶의 원칙에 대해 얘기해 주마"라고 말씀하셨다. 그것들은 정리하면 5가지였다.

1. 나는 네가 어디로 가고 싶어 하는지 모르니, 그냥 가거라.
2. 나는 네가 무엇을 하고 싶어 하는지 모르니, 그냥 하거라.
3. '중도'라는 것이 있는데 나는 어떤 건지 잘 모르겠구나. 네가 한번 찾아보렴.
4. 인생의 답은 교회에 있지 않다.
5. 여자를 조심하거라.

나는 어려서 그 말들을 이해하지 못했다. 내게는 너무 큰 것처럼 여겨졌지만 나는 그것들을 연구하고 깊이 생각해 보기로 했다. 부모님의 영향으로 나는 유기농 음식과 동식물을 사랑하는 것, 지식을 탐구하는 것, 그리고 내가 누구인지를 찾아가는 것이 중요하다는 것을 배웠다.

대학을 졸업할 때쯤 어머니가 돌아가셨다. 나는 존재의 의미와 삶과 죽음, 그리고 내가 왜 태어났는지에 대해 의문을 품기 시작했다. 미국을 사랑하지만 이곳에서는 답을 찾을 수 없을 것 같았다. 그즈음 한국에서 영어를 가르치며 일할 기회를 얻었다. Korea, 낯선 나라였지만 묘한 울림이 있었다. 나는 바로 한국행을 결심했다.

한국에서만 배울 수 있는 것

한국은 미국처럼 바쁜 나라였지만 무언가 달랐다. 사람들이 자연과 하늘에 대해 이해하는 폭이 훨씬 깊이가 있었다. 특히 사람들 간에 따뜻한 사랑으로 서로 돌보는 '정'이라는 개념은 서양에서는 좀처럼 보지 못했던 것으로, 깊은 감명을 주었다.

나는 영어를 가르치는 한편 연세대 대학원에서 국제관계학을 배우고 연세대와 서강대에서 한국어를 배웠다. 하지만 정말 배우고 싶었던 것은 나는 누구이고 어떻게 인간이 다른 존재와 조화를 이루며 살 수 있는가 하는 것이었다. 한국인들은

놀랍게도 하늘과 본성에 대해 이해하고 있었으며 나는 그 원천에 대해 알고 싶었다.

그러던 어느 날 나는 '선仙'이라는 개념을 접했는데, 한국에서 만난 것 중 가장 멋진 것이었다. 중국의 기공이나 일본의 젠 불교처럼 한국에는 선이 있었고, 이것은 우주의 문화와 명상, 자연 친화적인 삶과 한 선상에 있었다. 왜 이제껏 숨겨져 있었을까?

선은 만 년 이상이나 내려온 한국의 전통문화이지만 불교나 도교, 유교와 같은 다른 철학들과 섞여 있어서 진정한 뿌리를 찾기 어렵게 되어 있었다.

그 근원에 다다르기 위해서 나는 단전호흡을 배웠다. 선의 진수는 단전호흡에 있다고 했다. 인간으로서 격을 높이고 자신을 변화시킬 수 있으며 하늘처럼 가벼워지는 방법도 단전호흡이었다. 자신이 가벼워지는 만큼 세상은 더욱 가벼워질 것이었다.

중국과 일본이 빠른 속도로 현대화하면서 우주의 근본 원리를 잊어가는 동안 한국은 이러한 기본을 간직해 왔다. 한국에서는 여전히 음양오행에 대해 배울 수 있는데, 이것은 에너지가 어떻게 움직이고 어떻게 연결되어 있는지를 설명하는 동양의 과학이다. 한국은 현대화의 와중에서도 전통 의학을 보존해 왔다.

가장 놀라운 점은 단전호흡을 배울 수 있다는 것이었다. 세계를 여행해 보았지만 단전호흡의 진정한 의미를 알고 있는 곳은 한국이 유일한 것 같았다. 단전은 단지 기운과 건강에만 관련된 것이 아니라 어떻게 하면 사람의 마음을 이해하고 깨달음에 이를 수 있는지와 관련되어 있었는데, 이런 얘기는 오직 한국에서만 들을 수 있는 것이었다.

자연이 입을 열다

한때 한국의 공동체 마을에 머물면서 '야생초'라는 보물에 대해 알게 되었다. 우리는 그것들을 연구하고 채집해서 샐러드를 만들거나 설탕과 함께 발효시켜 효소를 만들었다.

식물을 대할 때는 인사를 하고 식물을 채취하기 전에는 반드시 그래도 되는지 마음으로 물었다. 그들과 대화한 내용을 적어 보기도 했다. 그러던 어느 날인가 깊은 호흡 속에서 그들에게 묻고 대답을 듣는 것이 가능하다는 것을 깨달았다.

대답을 주는 존재는 자신이 그 식물 개체가 아니라 자연계를 관장하는 존재 즉 신이며, 이러한 일은 내가 진정성이 있고 단전호흡을 통해 파장이 낮아졌기 때문에 가능했다고 말해 주었다. 일리가 있는 얘기였다. 한국의 유명한 철학자인 이율곡의 책에서 나는 호흡과 진정성이야말로 자연과 우주와 연결되는 데 있어 가장 중요한 것이라는 내용을 읽은 적이 있다.

자연은 나에게 정말 아름답지만 가슴 저린 이야기들을 말해 주었다.

"변화가 곧 닥칠 것이며 자신은 지금 그것을 준비하고 있다. 인간들의 무관심 속에 기후가 변했으며 자연은 조만간 정화

를 시작할 것이다. 자연, 토양, 곤충, 동물, 식물들이 모두 고통
스러워하고 있다. 지구는 새로운 시대로 들어설 것이며, 많은
예측하지 못한 일들이 일어날 것이다.

자연은 매일 명백한 신호들을 보여주고 있는데 모르겠는가.
벌들이 사라지고, 고래들이 집단으로 자살하고, 식량 생산에
영향을 주는 기온이 변하고 있다……."

자연이 겪는 고통이 절절히 느껴졌다. 나는 지구와 인간을
위한 단 하나의 해결책은 우리가 '선仙인류'로 돌아가는 것임
을 깨달았고, 내가 깨달은 것들을 널리 알리기로 결심했다.

선인류란 고대 한국으로부터 그 기원을 찾아볼 수 있다. 원
래 한국인은 선문화를 통하여 우주의 리듬을 알고 그에 따라
살았었다. 신라의 화랑이나 조선의 선비 문화에서 그러한 전
통을 찾아볼 수 있다. 그에 의하면 인간과 자연과 우주가 조
화롭게 사는 것이야말로 가장 이상적인 삶의 모습이었는데,
이것은 내가 어린 시절부터 찾아 헤매던 답이었다.

결국 한국에 온 지 15년이 지난 시점에 나는 다시 서구 세
계로 돌아가기로 했다.

Back to the Western World

작년에 나는 남아공의 케이프타운을 여행하면서 서양이 공동체를 갈구하는 것을 알게 되었다. 남아공 전 지역에 걸쳐 수많은 생태공동체 마을이 들불처럼 확산되고 있었다. 그곳에서는 흑인들과 백인들이 모두 지구를 아끼고 보호하며 자연과 더불어 살려는 노력을 하고 있었다. 아름다운 일이었다.

흥미로운 점은 생태공동체들이 하나같이 인간관계의 갈등을 조화롭게 극복하기 위해 매우 애를 쓰고 있다는 점이었다. 어떻게 하면 자연을 사랑하는 것처럼 인간을 사랑할 수 있을까 하는 것이 그들의 공통된 고민이었다. 그러나 마음과 감정의 균형을 찾아주는 '호흡'이 없이는 내적 부조화를 통제하기란 매우 힘든 일이었다.

선인류는 호흡을 통해 감정을 조정할 수 있으며, 고통의 이유가 자신에게 있다는 것을 안다. 그리고 자신을 비움으로써 관계에 있어서 갈등을 줄일 수 있다. 중요한 건 인간은 근본적으로 자신에 대해 알기를 원하고 진화하기 위해 분투하고 있다는 점이었다.

우리는 많은 생태공동체를 방문하여 우리의 이야기를 전했고 호흡에 대해 나누었다. 반응은 놀라울 정도였다. 스웰렌담에서 케이프타운에 이르기까지 우리가 만난 농장 관리자들과 퍼머컬처 농부들은 선인류에 대해 열정적으로 관심을 보였다.

나는 자연과 지구의 고통에 대해, 그리고 선 공동체와 단전호흡에 대해 강의하기 위해 온 나라를 여행했다. 10곳도 넘는 생태마을을 방문했는데 그들은 즉각 단전호흡에 관심을 가졌다. 각 마을은 나에게 똑같은 이야기를 해주었다. 10년 이상 유기농 농업을 해왔고 지구를 사랑하는 일을 해왔지만, 사람들끼리 조화롭게 사는 법이나 본성과 우주의 의미에 대해서는 알지 못한다고.

단전호흡을 배우고 나서 그들은 농장에서 관계가 좋아지고 서로 간에 조화로워지는 것을 경험했다. 문제의 원인을 외부에서 찾기보다 내면의 불균형을 바라보기 시작했고, 부조화의 원인이 자신들에게 있음을 알게 되었다. 자신들 내면의 부조화가 공동체의 부조화를 야기하고 있음을 알고, 자신들을 바꿀 수 있다는 사실에 기뻐했다. 남아공에서 방문했던 생태마을 사람들은 잃어버렸던 중요한 것, 즉 자신과 자연과 우주의 관계에 대해 배우게 되어 몹시 감사하다고 하였다.

사람들의 내면에는 본성이 있는데, 호흡을 통해서 만날 수 있다. 본성과 함께 호흡하는 것은 우주와 함께 호흡하는 것이다. 이런 상태에서 우리는 좀 더 자연과 우주의 뜻에 가까워질 수 있고 만물에 폐를 덜 끼칠 수 있다.

서양 사람들은 대부분 호흡에 대해서는 잘 모르고 있다. 호흡이라고 하면 흉식호흡과 복식만을 얘기한다. 단전호흡은 배꼽 아래 단전으로 하는 호흡으로 에너지를 모을 수 있으며, 그 에너지로 자신을 발견하고 자연의 지혜를 얻을 수 있다는 점에서 특별하다.

한국인들은 자신들이 가진 보물에 대해 잘 모르는 것 같다.

단전호흡이야말로 모든 우주에서 귀하게 지켜온 비밀이다. 동양에서 영적 문화가 발달한 것은 단전호흡 때문이며, 이제는 그들이 아는 것을 전 세계와 나누어야 한다고 생각한다.

서양인들이 호흡이 중요하다고 느끼고 좀 배워야겠다고 말하는 것을 보는 것은 재미있다. 그들은 호흡이 무언지도 잘 모르고, 어디서 배울 수 있고 어떻게 하는지도 모르면서 그저 끌리고 있다. 그런 의미에서, 선인류라는 개념은 인간의 진화에 있어 기가 막힌 시점에 등장한 것이라고 할 수 있다.

남아공에서 나는 단전호흡을 배우고자 하는 갈망과 다시 자연에서 살고 싶어 하는 욕구를 느꼈다. 많은 사람들이 시골에서 생태공동체를 만들고 있으며, 자연과 함께 살고 공동체를 이루고자 하는 열망이 점점 퍼져 나가고 있다. 남아공은 특별한 곳이다.

한편으로는 사회가 위험하기 때문에 공동체에서의 삶을 선택하는 면도 있다. 소유물을 적게 가질수록 안전하기 때문에 단순하고 검소하게 살기도 한다. 아이러니하게도 범죄가 사람들로 하여금 비우고 단순하게 사는 것을 돕는 셈이다.

단순한 삶 속에서는 남는 시간을 자연의 아름다움을 즐기는 데 사용할 수 있다. 남아공에서 선인류의 씨앗은 이미 발아하기 시작했고, 점점 깊이 뿌리내리고 있다. 그 중에서도 퍼

머컬처를 하는 사람들이 많이 깨어나는 것 같다.

　요하네스버그에 있을 때, 우리는 아프리카의 이름난 영적 리더인 크레도 무타로부터 연락을 받았다. 그는 우리가 기후 변화를 알리고 자연에 대해 열정적으로 이야기하는 것에 대해 들었다며, 그의 집에서 차를 함께 하자고 초대했다.

　요하네스버그에서 그의 집까지는 6시간이나 걸리는 대단히 먼 거리였다. 그는 남아공에서의 식량과 물 부족, 그리고 전통적인 아프리카 영적 지도자의 감소에 대해 이야기하였다. 인류가 깨어나지 않으면 바닷물이 끓어오르고 하늘에서 엄청난 비가 쏟아져 내리는 날이 곧 올 거라고도 하였다.

그는 그 나름대로 아프리카에 '선'을 전파하고 있었다. 자연을 보호하고 조상들의 단순한 원칙들에 근거하여 살아가는 공동체를 만들었다. 흙으로 간단한 집을 만드는 법을 가르치기도 한다. 그가 "아프리카 여성들은 자연 속에서 살고 있다. 물이 필요하면 땅에 앉아 몸으로 그것을 찾아낸다. 유전자 속에 그런 기질이 있다."고 한 말이 기억이 난다.

선인류의 꿈

남아공을 거쳐 15년 만에 난 미국으로 돌아왔다. 돌아와서 서양문화에 대해 다시 알아가는 것은 멋진 일이었다. 처음에 든 생각은, 어떻게 '선인류'라는 개념을 지구상에서 가장 물질적인 나라에 적용할 것인가였다. 문득 아버지가 떠올랐다. "중도를 배워라." 그랬다. 선인류는 모든 인류가 찾고 있는 조화로운 지점이었다.

처음에는 미국을 다시 이해하기가 쉽지 않았다. 사람들의 사랑과 관심은 자신들의 집과 텔레비전, 차와 쇼핑몰, 그리고 가족에 집중되어 있었다.

선인류의 첫 번째 특징은 자신을 넘어서 사회와 지구 전체로, 나아가 모든 동식물과 태양계, 그리고 우주로까지 의식을 넓히는 것이다. 이들은 모두 우리의 가족이고 형제자매이다. 대부분의 미국인들에게 이러한 개념은 매우 새롭고 낯선 것이다. 그러나 영성을 탐구하고 열린 마음을 지닌 사람들도 많이 있으며, 자연으로 돌아가려는 거대한 흐름이 있다는 것을 발견했다. 많은 미국인들이 집을 직접 짓고 대안 에너지로 생활하며 퍼머컬처 방식으로 농업을 하고 유기농 농장을 가꾸고 있다

미국에는 이미 선을 알기 위한 여정에 있는 사람들이 많이 있다. 감사한 일이다. 많은 미국인들이 자연을 돌보고 이웃을 사랑하고자 노력하며, 호흡에도 관심이 많다.

한번은 하버드에 갔는데, 우연히 세계 철학에 대한 책을 집어 들었다. 도교에 대한 부분이 있었다. "한국 도교의 한 지류는 단전호흡에 주력하는데 이 호흡을 통하면 온 세상을 뒤덮을 수 있으며 인류의 빛이 될 수 있다."고 말하고 있었다. 그것은 '선'에 관해 이야기하고 있었다.

선은 그 자체로 빛을 발한다. 하버드 거리에서 우리는 '선무'라 불리는 작은 춤 공연을 가졌다. 그것은 내면에 흐르는 에너

지를 타면서 춤을 추는 것이다. 우리의 내면에는 자연, 식물, 동물, 광물, 심지어 우주가 있고, 춤을 추면 이러한 요소들이 발현된다. 선은 천연재료로 비누를 만들 때도, 효소와 같은 좋은 음식을 만들 때도 빛을 발하며, 강의를 하거나 한 잔의 커피를 마실 때도 빛을 발한다. 실로 아름다운 장면이다. .

호흡과 자연과의 소통을 통해 선이 내뿜는 에너지 때문에 사람들이 저도 모르게 주위에 모여든다. 미국인들이 "이유를 모르겠지만, 당신 가까이에 있고 싶다."고 말하고 있다. 선은 우주가 빛나듯이 빛을 발한다.

이곳 뉴욕에서 우리는 친환경 농장을 가꾸고 지역사회에 공개하였다. 효소 만드는 법 등 선 농법을 나누기 시작했는데 반응은 기대했던 것보다 대단했다. 그들은 사물놀이, 전통 춤, 한식, 농업과 같은 한국의 예술과 문화에 열광했다.

한국 문화는 선에서 나온 것으로, 오행이 조화롭게 구성되어 있다. 모든 것은 균형이 잡혀 있으며 감동을 준다. 방문자들은 한국의 모든 것들에 대해서 더 많이 알고 싶어 했고 우리 농장으로 이사할 수 있는지와 자신들의 농장을 어떻게 만들 수 있는지에 대해 물어왔다.

💙 Sharing of Love Campaign
prepared this food with
organic, in-season, locally
grown vegetables, freshly
homemade with love.
After having this, please share
your love with your neighbors.💙

Seon Culture Center
We love nature.
T. 201-227-5121

미국에는 이미 선을 알기위한 여정에 있는 사람들이 많이 있다.
감사한 일이다. 많은 미국인들이 자연을 돌보고 이웃을 사랑하고자
노력하며, 호흡에도 많은 관심이 있다.

이러한 방법으로 선인류를 향한 꿈의 씨앗은 자생적으로 자연스럽게 심어지고 있다. 한국의 전통인 선문화는 얼마 지나지 않아 지구상에 자연스럽게 자리 잡을 것이다. 현 문명의 제반 문제에 대한 유일한 답이기 때문이다.

선인류는 점점 더 많은 공동체를 양산할 것이다. 고품격 선문화는 공동체에서 완전하게 빛을 발할 수 있기 때문이다. 공동체에서 우리는 자신을 조절하고 균형을 유지하는 법을 배움으로써 빠르게 진화할 것이고 사람들은 자연스럽게 그러한 공동체의 일원이 되기를 열망할 것이다. 단, 선문화 공동체는 단전호흡을 통해 자신을 바꾸고 자신이 깨달은 것을 실천하는 사람들로 구성되어야 할 것이다.

선인류는 이미 주요 흐름으로 K-pop이 그러하듯이 지구 전체를 휩쓸 것이다. 나는 남아공과 미국에서의 경험으로 그것을 확신할 수 있었다. 한국 문화는 그것이 선으로부터 나왔기 때문에 전 세계로 뻗어나가고 있는 것이라고 생각한다. 나는 이 흐름의 일부분이 되어 전 세계에 그것을 나누는 데 기여할 수 있어 감사할 따름이다.

지금 나는 미국에 있다. 나의 고향이지만 15년 만이라 매우 낯설게 느껴진다. 얼마 전 지인에게 이런 말을 한 적이 있다. "나는 24시간 한국어로 말하던 생활을 했기에 영어를 다시 배우고, 서구 문화를 다시 배우러 이곳에 왔다."

사실이다. 동양과 서양은 매우 다르다. 우리가 다가갈 수 있는 단 하나의 길은 '중도'이다. 아버지께서 오래 전 말씀하셨던 것이 이것이다. 동서양은 서로에게 거울이며 우리는 중간 지점을 발견해야 한다. 그곳에서 선은 더욱 꽃 피어 지구는 가장 빛나고 아름다운 별이 될 것이다.

로어 셰퍼드 Roar, Sheppard

명상 지도사. 한국어 강사
저서 <The Universe Speaks - the Love and Pain of 2012 to 2025>

시골 한의사의
행복 찾기

시골 한의사

매일 숨 쉰 것밖에 없는데 마법처럼
나의 삶이 바뀌었다. 그리고 지금 호흡으로,
꿈꾸던 선인들의 의술에 조금씩 다가가고
있다고 믿는다.

해리포터의 마법이 시작됩니다

"저를 만나는 환자는 진화의 열망을 갖게 될 것입니다. 왜 냐하면 저는 호흡을 통해 계속 맑고 밝고 따뜻해질 것이며, 그 향기로 저를 만나는 환자들을 깨우게 될 것이기 때문입 니다."

난 높은 이상이 있었다. 나를 만나는 환자는 누구나 엄청난 감화를 받을 것이고 그들의 인생에 잊을 수 없는 계기를 맞이 할 것이라는……. 그 무슨 자신감이냐고? 그땐 정말 안 되는

게 없는 것 같았으니까. 그리고 진실로 그런 의인醫人이 되고 싶었다.

난 나름 잘나가는 한의사였다. 우리나라 최고의 한의대를 나와 25년간 한의사 노릇을 했다. 나의 병원에서 주 종목으로 하고 있는 부비동 치료법은 국내에서는 아직 많이 시도되지 않은 것으로, 일반 병원에서 효과를 보지 못하던 난치 증상들에 탁월한 효험을 보이는 바람에 앞으로도 주욱 번성하리라는 것은 명약관화했다.

난 웃으면서 침을 찌르는 '엽기적인 원장님'이었다. 아무리 지위가 높거나 돈이 많거나 연세가 많은 분들도 여지없이 두려워하는 침! 난 기다란 침을 찔러 넣는 데 주저함이 없었다. 환자들의 고통은 내 것이 아니었다. 나으면 되지.

코를 중심으로 얼굴뼈 안쪽에 광범위하게 자리하며 비어 있는 동굴인 부비동(상악동, 사골동, 전두동, 접형동)은 그동안 임상에서 중요하게 생각되지 않았던 마이너 파트이다. 그러나 이 공간의 순환이 잘 되지 않아 좁아지거나 염증이 생기면 머리 쪽의 온도가 상승하게 되고 결과적으로 안구건조증과 두통, 중이염, 메니에르병, 탈모, 불면증, 코골이 등 다양한 질환

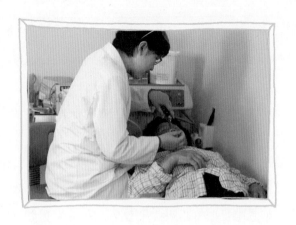

에 시달리게 된다.

　나는 이 모든 것들이 각각의 질병이 아니라 하나의 원인에서 시작된 '증상'이라는 것을 꾸준한 연구를 통해 밝혀 나갔고, 콧구멍과 입천장을 통해 부비동을 치료함으로써 일거에 증상들이 호전되는 것을 경험하였다.

　실제로 수십 년 동안 두통에 시달리던 분이 머리가 개운해졌다고 하거나 집중력 장애와 틱으로 시달리던 산만한 아이가 차분해졌다고 피드백을 해왔을 때 그 희열감은 온전히 의사로서의 자부심으로 이어졌다. 이 병원 저 병원을 전전해도 원인조차 알 수 없던 오랜 질병이 단 몇 번의 치료로 호전되니 부비동 치료법은 마법 같다는 말을 듣기도 했다. 흠흠, 그렇지.

그렇고 말고…….

그리하여 우리 병원의 홍보 카피는 이러했다.

"해리포터의 마법이 시작됩니다."

선인들의 의술을 닮고자

게다가 나에겐 비장의 무기가 하나 더 있었다. 바로 호흡이
었다.

한의학의 뿌리는 고대의 환웅시대로 거슬러 올라가며 그 시
원에는 동이족 선조의 한분으로 황제내경을 남겨 인체와 우주
의 비밀을 후대에 알린 '황제(고대 중국의 헌원 황제를 말함)'가 있
다. 황제는 호흡수련을 통해 선인仙人의 경지에 이르렀던 분으
로 황제내경은 '기백'이라고 표현되는 본성本性과 대화하는 형
식으로 저술되었다.

당시 사람들은 영이 맑아서 자연과 소통하고 있었고 우주
의 법도에도 어그러짐이 없었다고 한다. 그런데 시간이 흐르
고 서서히 물질에 매이게 되면서 자연과 우주와 멀어지게 되

었고 사람들은 각종 질병에 시달리게 되었다. 그러므로 진정한 건강을 찾는 길은 몸과 마음을 맑게 닦아 원래의 상태를 회복하는 것이라 생각되었다. 인체의 360개 혈이 다 열리고 천기와 유통되면 병에 걸리려야 걸릴 수가 없다고 하지 않는가. 그런데 어떻게?

사실 한의사가 되기 전부터 나는 세상에 궁금한 것이 많았다. 사춘기를 지나면서 뜻 있게 사는 삶에 대해 구체적으로 생각하기 시작했고, 이런저런 탐구 속에서 한의학을 택하게 되었다. 대학 때부터 가기 시작한 교회를 열심히 다니면서 철야기도를 몇 년간 빠지지 않고 하기도 했고 금식기도까지 해보았지만 마음의 평안은 오지 않았다. 나는 계속해서 많은 것들이 궁금했다.

그러던 중 몇 년 전 출근길에 만난 책 광고에서, 명상수련가가 예수님과 대화를 했다는 충격적인 내용을 접했다. 너무 궁금해서 당장 책을 읽고는 공황에 버금가는 사고의 뒤죽박죽을 경험했다. 강을 건넌 것처럼 나의 의식은 달라져 있었고 전으로 돌아갈 수는 없었다. 같은 출판사에서 나온 책을 모두 주문하여 탐독하기 시작했다. 선계에 가고 싶다. 한국의 선인들. 선계 이야기…… 그 많은 책들에서 은근히 반복되는 내용이 있었는데 인생의 모든 문제의 해결이 호흡으로 가능하다는 말이었다.

호흡이다, 호흡으로 가능하다, 호흡으로만 가능하다…….
도대체 호흡에 무슨 비밀이 있기에 그렇게 강조하는가, 궁금해서 미칠 지경이었다. 그러나 나에게 단전호흡이나 명상이란 아주 생소한 단어였다. 1년을 벼르다 결국 단전호흡을 배우러 다니기 시작했다. 그리고 뭐든 했다 하면 열심히 하는 특성상 하루도 빼놓지 않고 숨을 쉬러 수련장에 들렀다.

명상법은 특별할 것이 없었다. 도인 체조라는 것을 30분 정도 한 후 다시 30분 정도 서서 자세 명상을 하고, 다시 한 시간 정도 앉거나 누워서 호흡 명상을 하면 끝이었다. 교회처럼 소리 내서 기도를 하거나 따로 모임을 가지는 것도 아니고, 그저 와서 앉아 있다가 가면 되는 굉장히 밋밋한 시간이었다.

그런데 나와 호흡이 어떤 인연이라도 있는 것인지, 이 무미건조한 출석이 세상에서 해본 것 중에 제일 즐거운 일이 될 줄이야. 한 시간 남짓 고요히 단전에 집중하고 호흡을 하다 막 동이 터오는 아침거리로 나서면 하루의 할 일을 다 한 것처럼 그렇게 뿌듯할 수가 없었다.

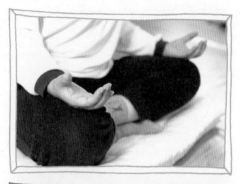

　　호흡 속에서 나에게 가장 가슴 뛰는 일, 일생의 일은 무엇일
까 명상하는 시간도 있었는데, 나는 점차 한의사라는 직업이
천직이라는 확신을 가지게 되었고 일에 대해 생각을 많이 하
게 되었다. 그냥 살아가는 것과 매일 명상을 하면서 어떻게 하
면 더 좋은 의사가 될 수 있을까 생각하는 것은 큰 차이가 있

을 것이었다.

그리고 수련을 하면서 내겐 한 가지 몹시 궁금한 것이 생겼는데, "호흡을 잘 하면 옛 선인들 같은 의통 능력이 생긴다는데, 어떻게 하면 그렇게 될 수 있을까?" 하는 거였다.

환자와 함께한 집중수련

그 무렵 명상학교에서는 고흥에 집중수련을 할 수 있는 공간을 만들고 원하는 수련생들이 이용할 수 있게 했는데, 나도 꼭 참석하고 싶었다. 고흥은 서울의 우리들에게는 가만히 있기만 해도 호흡이 저절로 된다는 소문이 도는 전설적인 땅이었다.

그동안 나름 열심히 수련을 해 왔다고 할 수 있었지만 무언가 성에 차지 않았다. 사격에서 금메달을 딴 진종오 선수의 말대로 총을 많이 쏘는 것이 중요한 것이 아니라, 얼마나 집중을 해서 쏘느냐가 더 중요한 것이었다. 교회는 은사의 기적과 체험이 있어서 가시적으로 확인이 가능하다면, 수련이란 좋은 것 같긴 한데 아무런 느낌도 체험도 없는 점이 아쉬웠다. 무언가 진한 경험을 하고 싶었다.

성에 차지 않았다는 건 나의 조급증과도 관련이 있었다. 내 나이도 어느 새 40대 중반. 믿을 수 없이 많이 먹었다. 마음속은 아직도 소녀 같은데 50을 바라보는 중년 아줌마란다.

나는 내가 하고 싶은 것을 하고 살고 있는가. 전부터 나는 선교사 친구가 멋져 보였고 출가하는 사람이 부러웠다. 하지만 진짜 부러운 것은 아니었던지, 용기가 없었던지 나의 삶이 그것들로 인해 바뀌지는 않았다. 나는 안전하고 따뜻한 집 안에서 창을 통해 밖을 내다보듯이 알량하게 동경만 하고 있었다. 정작 뛰어들지는 못하면서. 어쩌면 그런 동경 또한 내 삶을 멋지게 보이게 하기 위한 포장지 같은 거였을까.

그런데 내 마음이 이제 더 이상은 속으려 하지 않는 거였다. 그거 가짜야, 하면서 수긍을 해주지 않았다. 그간의 수련과 자아성찰의 결과일까. 현상 유지만이 아닌 무언가 감동과 깨달음을 동반한 변화가 필요했다. 지금쯤은 뭔가 보여줄 때가 되지 않았나, 하는?

병원 진료시간을 어렵사리 부원장에게 넘기고 서울에서 7시간이나 걸리는 고흥까지 애써 갔다. 초등학교 때 소풍이 그랬을까. 새삼 들뜨고 설레는 마음에 내가 더 놀랐다.

그런데 도착하자마자 병원에서 전화가 왔다. 어제 치료 받으신 환자분이 집으로 가는 도중부터 눈이 빠질 듯 아프기 시작하더니 점점 더 아프고 견디기가 어렵다며 찾아오셨다는 것이었다.

가슴이 철렁했다. 그분은 안구건조증으로 치료받던 30대 중반의 여자분으로, 눈이 피로하여 일상생활이 안 된다며 치료를 시작한 분이셨다. 7회 차까지 치료를 하였고 그동안 경과가 좋았기에, 어제는 내가 욕심을 부려 보았었다. 침을 평소보다 더 깊이, 안구와 눈 주위 뼈 사이로 2cm 가량 밀어 넣었던 것. 게다가 레이저 치료까지 하며 단번에 낫기를 기대했던 것이다. 욕심이었던가. 빨리 효과를 보고 싶은 마음에 무리를 했던 것 같다.

통증을 도저히 참을 수가 없어 괴로워하신다기에, 부원장에게 일단 진통제 3알을 드시게 하고 20분 정도 진통이 되는지 지켜보면서, 천경하음주치혈법으로 침을 놓고 목의 혈자리에 레이저 치료를 하라고 지시했다. 안구의 통증은 웬만해서는 진통이 안 되는 것을 알고 있기에 고단위로 처방을 하고 기다렸다.

잠시 후 연락이 오기를 전혀 차도가 없고 오히려 눈에 고춧가루를 뿌린 것 같이 아프다고 하였다. 찬물로 눈 주위를 찜

질해 보라고 했으나 잠시 후 눈의 열감이 더 느껴져 괴롭다는 전갈이었다. 이번에는 경추 쪽으로 척추교정침을 놓은 후 아틀라스 침을 놓아보라고 했다. 그런데 잠시 뒤 전화가 오기를 침을 놓을 수 없다며, 경추에 침을 놓자마자 환자가 몸을 부들부들 떨며 괴로워한다는 것이었다. 전화기 너머에서 환자는 눈이 너무 아프다고 울부짖었고, 나는 최대한 빨리 올라갈 테니 일단 집에 가서 기다리시라고 하는 수밖에 없었다.

아이고……. 내가 간들 어떻게 해보겠다는 생각도 없었다. 자칫 크나큰 문제로 발전할 수 있었다. 눈앞이 캄캄하다는 말을 이럴 때 쓰는가. 하늘을 향해 마음으로 기도했다.

도와주세요…….
무슨 일이라도 생기면 어쩌지요. 도와주세요.
할 수 있는 게 기도하는 것뿐이었다. 환자를 만나 뭐라고 말씀드려야 할지도 막막하고……. 정말 실력이 없음을 실감하는 순간이었다. 짚이는 구석이 없는 것은 아니지만 만나보기 전엔 알 수 없었고 낫는다는 확신은 더더욱 없었다.
간신히 비행기표를 구해 여수 공항에서 출발할 수 있었다. 혹시 응급실로 실려 간 것은 아닐까. 눈이 안 보이게 되는 것

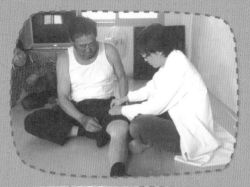

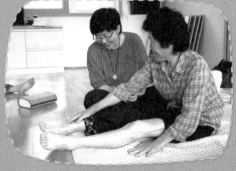

너는 눈물로 치료하는
의사이다. 너는 마음으로
마음을 치료하는 의사이다.

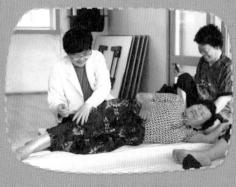

은 아니겠지…….

　도착해서 환자분을 만나니, 남편과 같이 헬쑥한 모습으로 기다리고 계셨다. 그간 겪으신 고생이 고스란히 느껴졌다. 뒷목과 어깨까지 심하게 아프고 눈이 너무 아파 자꾸 토하게 된다고 하였다. 눈은 고춧가루를 뿌린 듯이 쓰리고 아프고 열이 나며 몸살처럼 몸 전체가 열이 오락가락 한다고 하였다. 환자를 안심시키고 생각한 대로 시술을 시작하였다.

　비강치료를 하고 뒷목을 다스리는 침을 놓고 지경하양주치로 주행침을 놓고 안구 주위에 침을 시술하였다. 차츰 눈의 열감이 내리면서 환자가 편안해하는 것 같았다. 아픈 느낌이 사라지고 뒷목이 편해지는 것 같다고 하여 얼마나 속으로 가슴을 쓸어내렸는지…….

　택시를 타고 집에 오면서 벅찬 감사의 마음을 전할 곳을 찾아 외쳤다.

　감사합니다.
　도와주셔서 감사합니다!!

내가 하는 것이 아니다

내가 한 것이 아무것도 없었다. 미리 생각해둔 대로 시술은 했지만 그것이 듣지 않으면 어찌할 것인지 막막하기만 했었다. 불안한 나의 마음이 겉으로 드러나지 않을까 걱정될 정도로.

내가 도착할 때까지 믿고 기다려준 환자분께도 너무나 감사했다. 응급실에 간다든지 대학병원에 간다든지 했으면 일이 커졌을 것이고 복잡한 일이 생겼을 수도 있다. 참지 못하고 스스로 어떤 조치를 해서 일을 만들었을 수도 있다. 일어날 수 있는 많은 가능성 중에서 아무 일도 일어나지 않은 기적이 일어난 것이다. 어찌 아니 감사하랴.

그리고 그동안 별 탈 없이 살아오고 이만하게 병원이 유지되어 올 수 있었던 것 또한 엄청난 기적이라는 데에 생각이 미쳤다. 내가 한의사라는 업으로 살아오면서 이런저런 혜택을 누릴 수 있었던 것도 그렇듯 보이지 않는 보살핌으로 인한 기적이 아니겠는가…….

내가 지금 이 자리에서 나름 만족스런 직업과 생활을 유지할 수 있는 것은, 내가 잘나서가 아니라 엄청난 보호와 혜택의 결과임을 알게 되었다. 어떤 기적도 일어나지 않는, 아무 일도 없는 엄청난 기적을 갑자기 '체험'하고 있었다.

한의학을 선택한 것, 부비동 치료법을 알게 된 것, 남다른 머리와 손재주로 그것을 실행할 수 있었던 것, 수련을 함으로써 몸과 마음을 균형 있게 닦을 수 있었던 것……. 아니 그렇게 대단한 일들까지 가지 않아도, 자동차나 비행기를 탔을 때 사고가 나지 않은 일, 길을 가다가 간판이라도 떨어져서 맞지 않은 일, 그리고 내가 애쓰지 않았는데도 누군가의 수고로 음식이 재배되고 나에게까지 이르러 맛있게 먹을 수 있는 일, 지금 이 순간 적절한 비율의 공기가 공급되어 죽지 않고 숨을 쉬고 있는 일……. 그게 어디 하나라도 내가 노력한다고 될 일이겠는가.

이거야말로 엄청난 '체험'이 아닌가. 기대하던 대로 스펙터클한 체험은 아니었지만 내적으로 무언가 산산이 부서지고 재정립되는 것이 느껴졌다.

나 한 사람이 있기까지 엄청난 우주만물의 수고가 있었음을 인지하는 순간이었다. 우주 속의 나! 하잘 것 없는 한 사람이 태어나 존재하는 일이 개인의 일이 아닌 우주의 일이고 신의 세계의 영역임을 인식하는 것.

결국 그것은 내가 이 세상에 태어나 지금껏 살아온 데 대한 감사로 이어지고, 대상을 콕 집어서 말할 순 없지만 나도 어

딘가에 돌려드려야겠다는 생각에까지 이르게 되는 것이었다. 아, 난 집중수련을 다 하지도 못하고 올라왔지만 혼자만의 집중수련을 톡톡히 한 것이 되었다. 이 또한 우연이겠는가.

108배를 시작했다.
그동안 잘못했던 것이 떠오르면서 눈물이 났다.
절을 하면서 나도 모르게,

"잘못했습니다. 잘못했습니다. 잘못했습니다……"

머리를 조아리고 조아렸다. 혼자였지만 거대한 우주를 마주한 듯 경건했다.
그동안 잘못한 일들은 왜 그리 많이 떠오르던지.

환자를 치료하면서 안타까운 마음, 간절함이 부족했다. 한다고는 했으나 열심으로는 치료해 보았어도 눈물을 흘리면서 치료한 적은 없었다. 그게 엄청난 잘못이란 걸 처음 알게 되었다.

"치료는 사랑이다.
아무 염려 말아라. 내가 함께 한다.

사랑뿐이다. 내가 너를 사랑한다.

너도 사랑을 주어라."

절망과 자책의 한가운데에서 문득 떠오르는 소리가 있었다.

내 마음 깊은 곳에서 들려오는 것 같은.

나에게도 '기백' 그분이 찾아온 것일까. 나의 본성일까. 수호신일까. 나의……

아무튼, 어떤 상황에서도 내 편이 되어줄 것 같은, 나를 엄청 사랑하는 파장이 전해졌다. 그 파장은 나를 안아주고 토닥토닥 두드리며 위로의 말을 건네주었다.

"너는 사랑이다.

너는 눈물로 치료하는 의사이다.

너는 마음으로 마음을 치료하는 의사이다.

치료받는 이의 아픔이 내 아픔이며 치료 받는 자의 상처가 내 상처이다.

몸은 껍데기에 불과하나 몸의 아픔을 통해 마음을 바라보기를 원하는 깊은 뜻을 전할 수 있는 의사가 되어야 한다.

침으로 내면까지 깊이 어루만져 주어라.

한마디 말로 내면까지 울려줄 수 있도록 하여라.

사랑 이외에 무엇을 더 할 수 있으랴.

사랑한다."

이토록 절절한 사랑의 고백을 받아본 적이 있던가.

난 매일 울었다. 의식이 깨어나기 시작하니 가슴도 열리는지 매순간 주체할 수 없이 감동이 몰려들었다. 환자들이 다르게 보이기 시작했다. 더욱 귀하고 조심스럽게 환자를 대하게 되었고 욕심을 내지 않도록 노력하게 되었다. 환자를 치료하는 일에 욕심을 내는 것이 잘못은 아니나, 빨리 낫게 함으로써 나의 의술을 뽐내고픈 교만한 마음이 있었음을 고백한다.

치료는 내가 하는 것이 아니라는 생각을 하게 되었다. 내가 할 수 있는 것은 환자를 치료하는 하늘과의 통로 역할을 하는 것. 정성과 사랑으로 최선을 다하면 되는 것이었다. 다만 질병이란 치우친 마음에서 비롯되므로, 환자로 하여금 그 질병이 오게 된 원인을 바라보게 해주고 마음을 고치는 방향으로 인도할 수 있어야 할 것 같았다.

질문을 하기도 했다.

"진정한 명의가 되려면 어떻게 하여야 할지요?"

"호흡으로 비워라. 그 방법이 가장 빠르다.
비우면 사랑이 채워진다.
기술이 아니라, 사랑이 많은 자가 명의이다.
비워라. 호흡하라……"

이후 나의 삶에는 점차 산이 바다가 되는 것 같은 변화가
순차적으로 일어났다.

살아 있는 지구의 아픔

비워진 자리에 좀 더 많은 것들이 들어오기 시작했다. 나와
내 가족만 생각하던 수준에서, 다른 사람들이 들어오고, 세
상이 들어오기 시작했다. 단전은 그릇이라는데, 수련을 하면
서 나의 그릇이 좀 커진 걸까.
명상에 들어 느껴보면 온 세상이 아픔을 호소한다. 세상사

에 지치고 힘든 사람들의 신음소리, 몸과 마음이 아파 괴로워하는 환자들, 참담한 환경에서 죽지 못해 살고 있는 동물들, 숨 쉬기조차 어려워하는 식물들, 그리고 지구……

지구상에 어디를 막론하고 모두가 편치 않은 상태이지만, 그 중에서도 지구 자체의 아픔은 미처 생각하지 못했던 부분이었다. 땅덩어리가 통증을 느끼겠는가. 그런데……, 지구는 그저 무생물인 땅이 아니었다. 깊은 명상 속에서 느껴지는 지구는 매우 아파하고 있었다. 무엇보다 숨을 쉬지 못해 괴로워하고 있었다.

그러나 직접 만나지 않으면 믿지 않는 인간의 속성 때문일까. 아니면 알아도 외면하고 싶은 이기심 때문일까. 인간들은 지구를 계속해서 파괴하고 있으며, 그로 인한 피해는 고스란히 인간들이 다시 받고 있다.

세상의 호흡기 치료에 관여하는 의사들이 조금만 더 트인 시야로 본다면 당연히 환경보호가가 되지 않을 수 없을 것이다. 호흡기 질환의 가장 직접적인 원인은 환경오염이다. 현대의 감기는 상한傷寒이 아니라 상독傷毒이기에 치유가 어렵다. 오염된 공기를 계속 호흡하므로 그 독기를 제거할 수 없어 불치병이 되는 것이다.

　점점 원인을 알 수 없는 질환이 늘어가고 있다. 현대의 환경이 인간이 감당할 수 있는 자정 능력의 수위를 넘어서고 있기 때문이다. 누구도 건강을 보장할 수 없는 시대에 우리는 살고 있다.

　지구를 살리고 우리가 살기 위해, 생태공동체를 생각하게 되었다. 생태공동체에서라면 적어도 자연에 폐를 끼치지는 않을 수 있다. 생태공동체는 사랑이다. 당장의 불편함을 참고 서로를 배려하는 일이다. 여기서 '서로'란 타인뿐 아니라 동식물과 지구까지를 말한다.

　그리고 매일 일정한 시간을 정해서 지구의 아픔을 느끼고 위로하는 명상을 하기로 했다. 지구와 그 가족들의 상처를 치유하고 위로함은 곧 나를 위로하고 치유하는 것과 같다. 지구를 딛고 사는 나 또한 그 거대한 생태계 안의 한 존재이기에.

우리는 모두 연결되어 있는 공동운명체이다. 당신이 있기에 내가 있음을 모두가 인식한다면 사람들의 삶의 방법은 바뀌지 않을 수 없을 것이다.

시골 한의사의 행복

나는 지금 서울을 떠나 고흥의 생태공동체 마을에 살고 있다. 서울에 있을 때와는 비교도 안 되는 소박한 한의원이 나의 일터이다.

아침에 일어나면 깊은 호흡으로 명상을 하고 한의원에 출근한다. 수입은 서울에 있을 때와는 비교도 되지 않는다. 서울에 있을 때 우리 병원은 치료비가 비쌌다. 부비동 치료법은 어느 정도 나의 독보적인 분야였고 귀하게 여겨야 병도 낫는다는 생각이 있었기 때문이다. 하지만 사랑의 눈으로 보니 부담이 될 환자들이 보였다. 가격은 낮추었지만 더욱 정성으로 치료하기로 했다.

공동체의 구성원들은 형편 되는 대로 치료비를 내고 진료를 받을 수 있다. 게다가 점점 환자가 줄어들 것 같은 예감이 든다. 왜냐하면 환경이 너무나 좋기 때문에. 그리고 웬만하면 스스로 치유하는 방법을 알려주는 일에 힘쓰고 있으니 말이다. 물론 시골이라고 오염을 피할 수는 없어서 이곳에도 호흡기 환자가 많지만, 도시보다는 훨씬 나은 조건이라고 할 수 있다.

그리고 환자들에게는 채식을 권하고 있다. 채식은 건강에도 좋을 뿐 아니라 지구와 지구 위에 사는 모든 생명을 사랑하는 적극적인 방법이다.

아픈 분들을 보면 먼저 가슴에서 울림이 온다. 병에 걸리기까지의 힘든 사연이 느껴져 눈물부터 나오기도 한다. 그러면 자연스럽게 손이 아픈 곳으로 가고 맞는 치료법이 생각나서 행하게 된다. 내가 할 일은 그냥 비우고 사랑하는 것뿐.

다른 방법이 필요한 것이 아니었다. 어머니 손은 약손이 되던 그 마음, 어머니의 마음, 사랑으로 치료한다면 나는 감히 명의가 될 수 있을 것이라 믿는다. 의통이란 이 마음을 따라가면 만날 수 있는 기적이 아닐까?

나는 몸뿐 아니라 마음과 영을 살리는 의사가 되고 싶다. 나는 나의 진화와 타인의 진화에 관심이 많으며, 마음을 더욱 맑고 밝고 따뜻하게 하여 만나는 분들에게 진정한 사랑을 전하는 의사가 되기를 소원한다.

이 모든 것이 정말 호흡에서 시작되었다. 매일 숨 쉰 것밖에 없는데 마법처럼 나의 삶이 바뀌었다. 그리고 호흡으로, 꿈꾸던 선인들의 의술에 조금씩 다가가고 있다고 믿는다.

시골 한의사

한의원 두이비안 원장. 광주전라지역 베지닥터 대표
저서 <코골이 축농증 수술 절대로 하지 마라> <채식이 답이다>

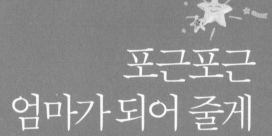

포근포근
엄마가 되어 줄게

포근포근

별 전체가 대단한 학교인 지구에서
공부는 언제나 진행 중이지만 지금 우리는
그 중에서도 특별한 학교를 만들어 가고 있다.

어머니를 부르다

엄마……

명상 중 나도 모르게 어머니를 부르고 있었다. 어느새 나는 다시 일곱 살짜리 어린 여자애가 되어 있다.

요즘 들어 눈물이 많아졌다. 살아오면서 잘 느끼지 못했던 감정들이 들썩거리며 튀어나오곤 한다. 길을 걷다가도, 일을 하다가도, 차 안에서도 흘러내리는 뜨거움에 당황하곤

한다. 자라면서도 찾지 않던 어머니를 나이 들어서 새삼 부르고 있는 이유는, 나의 마음 깊은 곳에 자리한 해소되지 않은 그리움 때문인 것 같다.

　명상 중 엄마를 부르면 우주 곳곳에 그 소리가 전달되는 듯하다. 그리고 귀 기울여보면 메아리같이 응답이 들리는 것 같다. 파장으로 전해지는 그 응답은 뜨겁지 않으나 따뜻하고 소리가 크지 않으나 깊은 곳까지 전달되며 가려운 곳을 긁어주듯 정확히 나의 그립고 서럽고 외로운 부분을 어루만져 주는 것 같다. 해가 저물도록 놀다 돌아올 때 석양 속에 기다려주는 어머니처럼, 비 오는 날 우산을 들고 교문에서 기다려주는 어머니처럼, 내가 어디에서 무엇을 하든 항상 관심을 가지고 나를 지켜보는 존재……. 한 번도 그런 어머니를 경험해본 적이 없는 내게도, 어머니는 이런 분이실 거라는 느낌이 전해졌다.

　그분은 나를 낳아주신 어머니일 수도 있고, 근원적으로 나라는 영혼을 내시고 무사히 성장하고 진화하기를 바라는 하늘일 수도 있다. 한 번도 나를 외면한 적 없이 지구에서의 여정을 함께 하시는…… 나보다 나를 더 잘 알고 계시는 분. 명상을 통해 그 존재를 마음으로 느끼게 되었고, 살아가면서 막막하고 길을 잃은 것 같을 때도 어쩐지 올바른 길로 안내해 주실 거라는 생각에 뼛속 깊이 자리한 존재의 불안감마저 옅어지는 것 같았다.

어머니…….

호흡 속에서 다시 불러본다. 부르기만 했는데 내 상태를 다 아시는 듯 느껴지며 목이 메여 온다. 예. 지켜보시는 것도 잊어버리고 또 주저앉아 있었네요. 좀 지쳤던가……. 그러고 보니 혼자서 참 먼 길을 걸어온 것 같다.

비워 나온 부분은 가족

동생들과 함께 부모님과 헤어지던 해에 난 일곱 살이었다. 둘째는 세 살, 셋째는 아마 10개월도 채 안 되었을 것이다. 우리들도 어렸지만 엄마 아빠도 어렸었던 것 같다. 엄만 나랑 호적상엔 17년 차이라고 되어 있었으니까…….

어느 날 엄만 몇 개의 가방을 챙기며 아빠를 따라가라고 했

다. 난 엄마랑 가겠다고 했지만 더 이상 돌아보지 않고 외가로 가버리셨고 아빤 술에 취한 상태에서 잠깐 나갔다 오마 하시고는 돌아오지 않으셨다. 난 셋째를 업고 동생 손을 잡고 할머니 댁엘 찾아갔다. 문이 잠겨 있었다.

이후로도 우린 친가로 갔다 외가로 갔다 하며 불안정한 상태가 계속되었다. 나를 챙기기도 벅찬 나이에 두 동생을 책임져야 했던 일곱 살 어린 여자아이…… . 어디에도 뿌리내릴 곳이 없던 시간들이었다. 스스로 괜찮아 괜찮아, 다독이며 정말 겉으로는 놀랍도록 괜찮게 지냈던 것 같다. 별로 울지도 않고. 난 괜찮아, 난 놀라지 않았어…… .

그러던 중 우린 결국 시설에 맡겨질 수밖에 없었고, 너무 어렸던 막내는 우리의 의지와는 상관없이 해외 입양이 결정되었다.

어머니를 다시 만난 건, 몇 년 전이다. 어느새 우리를 낳았을 때의 어머니보다 두 배의 나이를 먹은 나와 동생들이었다. 한 아이의 엄마가 되고서도 만날 수 없던 엄마를 다시 만나게 된 건 입양 갔던 독일에서 갑자기 돌아온 막내 동생 덕분이었다.

동생은 어느덧 성장하여 의대생이 되어 있었다. 처음 만난 것이나 다름없는 자매들이었지만 과연 피는 물보다 진한 것일까. 오래전 헤어질 때의 애틋한 감정이 되살아났다.

우리 세 자매와 어머니는 그날 눈물겨운 상봉을 할 수 있었다. 어려운 자리였지만 어머니는 나와 주셨다. 어머니는 미안함으로 범벅된 채 말을 잇지 못하셨다. 어머닌 그 당시 너무 몰랐었다고…… 살아가는 방법도 몰랐고, 그 상황에서 어떻게 해야 할지…… 도와주는 사람도 없었다고, 지금만 같았어도…… 라며 말을 잇지 못하셨다. 어머니로서는 당신이 낳았지만 거두지 못한 장성한 자식들과 마주해야 하는 그 자리가 몹시 고통스러우셨을 것이다.

동생은 어머니가 살아계시는 것만으로도 감사해 했다. 그럴 수밖에 없었던 상황을 이해한다고 했다. 키워준 양부모님께 정말 감사한 마음이 들 정도로 의젓하게 잘 자라준 동생이었다.

나 또한 어머니를 원망하는 마음은 일지 않았다. 물론 자라면서는 남과 다른 내 처지에 대해 슬퍼하기도 하고 부모님을 원망하기도 했다. 그러나 내 깊은 곳에서는 어머니를 이해할 수 있었다. 어머니도 참 어렸고 세상을 잘 몰랐고 거기에 아버지의 난폭함이 더해졌었던 그 시절, 가장 힘든 사람은 어머니 당신이었을 것이기에.

혹 내가 어머니를 원망했다면 그건 사무치는 그리움에서였을 것이다. 동생들보다는 단편적인 기억이나마 남아있는 나에게 언제나 어머니는 온전한 그리움의 대상이었다. 마음속에 늘 그립고 그리운 감정이 촛불처럼 일렁이고 있었다. 그렇게 난 잘 모르는 어머니를 사랑하고 그리워했던 것 같다.

오랜만에 만난 딸들에게 미안함으로 어쩔 줄 몰라 하시던 어머니, 어쩌면 그 자리를 통해 조금이라도 마음의 짐을 더실 수 있었기를……. 우리는 괜찮아요. 어머니를 이해해요…….

그것이 몇 년 전 일이었고 막내 동생은 그 후 3번 정도 더 다녀갔다. 그런데 재작년 겨울, 갑자기 독일에서 연락이 왔다. 동생이 세상을 떠났다는 믿을 수 없는 소식이었다.

그 아이가 이 세상에 다녀간 이유

'번 아웃burn out 증후군'이라는 병을 처음 들었다. 탈진 증후군 또는 연소 증후군이라고 하는 이 병은 어떤 일을 지나치게 열심히 하던 사람이 어느 시점에서 갑자기 연료가 모두 불타버리듯이 무기력해지면서 삶의 의미를 잃고 슬럼프에 빠져들게 되는 현상이라고 한다.

동생은 의사가 되기를 꿈꾸고 의대를 수석으로 졸업하기까지 했지만 현실에서의 의사 생활은 자신의 이상과 많은 차이가 있었고 빡빡한 병원 일정에 힘들어했다고 했다. 그러면서도 역할을 완벽하게 수행하여 일중독이라는 말까지 들었다는데 그것이 생을 포기할 정도로 힘들었을 줄이야. 독일의 가족들은 더 이상 버틸 힘이 없다며 미안하다고 하는 동생의 편지를 전해주었다.

가슴이 먹먹했다. 동생아…… 얼마나 힘들었니. 돌도 안 된 나이에 낯선 곳에 혼자 가서 얼마나 놀라고 당황스러웠니. 자라면서는 피부색이 다른 사람들 틈에서 자신에 대해 얼마나 궁금하고 고민스러웠니.

지금 네가 있는 그곳에서는 또 얼마나 두렵고 막막하니? 지

상에서의 공부가 너무 힘들어 먼저 가는 길을 택했다지만, 죽음은 끝이 아니기에 또 다른 세계에서 방황하고 있을 것만 같은 너. 네가 자신이 얼마나 귀한 존재인지 알았더라면, 그래서 좀 더 자신을 사랑하는 방법을 배웠더라면 소중한 이 한 번의 생을 보다 아름답고 알차게 마무리할 수 있었을 텐데 안타깝구나.

쉽지 않은 스케줄을 택해서 지구에 왔던 용감한 영혼이었던 너. 진화의 길은 끝이 없으니 그곳에서도 열심히 공부하여 단단하고 알찬 영혼이 되기를 빌어 줄게. 언니가 이런 일들을 좀 더 일찍 너에게 알려주어야 했는데 잘못했어. 힘들었던 일은 모두 잊고 잠시라도 편안하게 푹 쉬렴…….

동생에게 하고 싶은 말들이 눈물이 되어 끝없이 흘러내리고 있었다.

동생의 죽음은 나에게는 인생의 2막을 두드리는 노크가 되었다. 자신을 사랑하는 법을 알지 못해서 슬퍼하고 방황하는 이 세상의 수많은 동생들이 떠올랐다. 그들에게 따스한 위로와 함께 길을 알려주는 큰언니이자 엄마가 되어 주자…….

똑똑똑. 문이 열리고 있었다. 내가 가는 길에 빛이 가득 들어오는 것같이 느낀 것은 명상 중의 상상이었을까?

그때 나는 생태공동체 마을에서 살기 위해 준비를 하고 있었는데, 한 가지 고민이 있었다. 마을 학교에 참여하는 문제 때문이었다.

내 인생의 선물

내가 사회에서 해온 일은 보육교사, 즉 아이들을 돌보는 일이다.

나는 금생에 가정이라는 부분을 크게 비우고 나왔지만, 아이러니하게도 오히려 남들보다 훨씬 대가족의 환경에서 자라게 되었다. 혼자 있은 적이 없을 정도로 항상 많은 아이들과 함께 생활해야 했다.

사회에 나와서도 아이들을 대하는 일을 계속하게 되었다. 의도한 것은 아니고 몇 번이나 다른 일을 해보고도 싶었는데, 이상하게도 얼른 다시 돌아오곤 했다. 공동체에 들어오기 직전 잠시 제빵 기술을 익히려고 외도했을 때를 빼고는 항상 아이들 틈에서 지냈다.

　다른 일을 해보려고 했던 것은 나의 일에 자신이 없어서였다. 10년 이상을 한 분야에 종사했으니 아이들에 대해서는 척하면 척하는 전문가가 되어 있어야 하지만, 항상 부족함을 느꼈고 할수록 자신이 붙지를 않았다.

　아이를 맡아 안내하는 나와 아이 부모님과의 관점 차이에서 피로함을 느꼈고, 교육에 대한 가치관이 달라 좌절감을 느꼈다. 결국 각 가정에서 원하는 대로 아이를 봐주는 일밖에 할 수 없는 것 같았다. 그러면서 일에 대한 열정은 점점 사그라지고 아이들을 바라보는 깊이는 점점 얕아졌다. 가뭄에 콩 나듯이 간혹 뜻이 맞는 부모를 만나면 보람을 느꼈던가. 나는 그저 직업인으로 한 해 한 해를 넘기게 되었고, 능력의 한계를 느낄 때마다 다른 길을 기웃대었다.

그런데 동생을 보내고 돌아오는 길에, 나는 결국 다시 아이들 곁으로 돌아가고 있는 자신을 발견하였다. 동생에게 못다 준 사랑을 세상 아이들에게 주리라, 이런 생각도 있었겠지만, 그때 나는 좀 더 깊은 차원의 생각을 하고 있었다.

나에게 주어진 조건과 상황이 모자이크 조각이 맞춰지듯 서로 연결되면서 나라는 존재가 이해되기 시작했다. 몇 년간 명상학교에 다닌 것이 헛수고는 아니었던 걸까. 남다른 환경에서 태어나 한길로만 이어져 온 나의 인생이 입체적으로 바라보이면서, 비로소 전후좌우 모든 것이 이해가 될 것 같았다. 험한 장애물만 가득한 줄 알았던 내 인생은 그것을 통해 '사랑'을 배울 수 있는 최고의 조건이었음을……

참 여전히 많이 부족한 건 사실이지만, 한 가지 내가 잘할 수 있는 부분이 있었다. 사랑, 그것은 아이들을 돌보는 사람으로서 가장 중요한 자질이 아닐까.

나의 상처가 아팠던 것만큼 상처받은 아이들을 돌보아 주리라. 내가 외로웠던 만큼 외롭고 소외된 아이들을 안아 주리

라. 내 동생처럼 많이 힘들어하고 막막해하는 인생들에게 밝은 빛이 되어 주리라. 누구보다 많이 공감하고 어루만져 주며 사랑을 주리라…….

많은 이들이 매일 매순간 여기저기서 자신을 사랑해 주기를 원한다. 가만히 보면 어른이건 아이건 저마다의 방법으로 이렇게 얘기하고 있다.

"저 좀 사랑해주세요."
"저 지금 많이 아파요."
"너무 외롭다고요…….."

소리를 지르기도 하고 말을 하지 않기도 하고 문제를 일으키기도 하면서. 그 상처받은 마음들을 알아주고, 부족한 사랑을 보태주는 것. 자신이 얼마나 소중한 존재인지 알려주고 스스로 사랑하는 법을 알려주고 그럼으로써 하늘의 사랑을 받는 법을 알려주는 것……. 내가 금생에 잘 할 수 있고 꼭 해야 하는 바로 그 일이 아닐까.

"학교로 가자."

나의 자리는 그곳이었다. 마음속이 기쁨으로 차오르고 있었다.

세상에 없던 학교

학교가 생기게 된 연유는 이러하다. 그 얼마 전 가을 어느 날, 생태공동체 마을을 준비하느라 모인 자리에서 우연치 않게 교육 관련 도반들이 뭉치게 되었었다. 교육자 이전에 자녀를 둔 엄마 아빠이기도 했던 우리들은 아이들 키우는 문제에 대해서 허심탄회하게 털어놓게 되었고 대한민국 교육의 문제점을 성토하던 끝에, 급기야 그렇다면 우리가 학교를 한번 만들어 보자는 데까지 의기투합하게 되었다. 술도 안 마셨는데 참, 반대하는 사람도 없었다.

그날 우리는 서로의 눈에서 반짝이는 별을 보았다. 아마도 한참 전부터 추진해 온 마을 만들기가 어느 정도 가닥을 잡아가며 우리도 할 수 있다는 자신감과 함께 새로운 삶에 대한 기대가 커졌기 때문일 게다.

세상에 없던 마을이 만들어지고 있었고 그곳으로 삶을 옮기려는 사람들이 있었다. 그리고 그들의 아이들은 학교가 필요했다. 학교는 공동체를 만드는 데 있어 먹고사는 문제만큼이나 중요한 문제였다. 대한민국 부모들이 온갖 고생을 참아가면서도 굳이 도시에서 서바이벌하려는 이유가 다 자식들 교육 잘 시키려는 것이 아니겠는가.

모두가 신이 나서 구체적인 계획을 세우기 시작했고, 일은 일사천리로 진행되었다. 대부분 잘나가는 국공립학교 선생님들이던 그들은 다음 학기 직장으로 돌아가지 않고 새로운 학교로 '올인'했다. 그런데……, 나는 곰곰이 생각해보니 다시 고질적인 그 자신감 없는 병이 도져, 내색도 못하고 망설이고만 있었다. 큰마음을 먹고 오래 준비해 들어오는 생태공동체 마을에서도 나의 일에 부족함을 느낀다면 너무 좌절을 느낄 것 같아서였다. 내 나이도 이제 40, 더 늦기 전에 내가 잘 할 수 있는 일을 찾아봐야 되는 것은 아닌지 해서 갑자기 제빵 기술까지 배워가며 모색을 하고 있었다.

그런데, 막내 동생 덕분에 내가 그 일에 몹시 소질이 있다는 것을 깨닫게 되었던 것이다. 아니, 나보다 잘 할 수 있는 사람은 없을 것 같을 정도로 완벽한 스케줄을 타고났다는 것을 알게 되었다.

길지 않은 준비 기간 끝에 이듬해인 작년, 봄과 여름의 경계 무렵 드디어 학생을 모집하기 시작했다. 모집 공고문의 내용은 이러했다.

선애학교 100일 프로젝트

"나를 만나는 여행"

맑고 밝고 따뜻한 선인류 양성을 위한
기숙형 선애학교를 열고자 합니다.
고흥의 아름다운 자연 속에서
세상에서 가장 즐겁고 신바람 나는 교육의 장으로
만들어 가겠습니다. (중략)

교육목표
마음껏 뛰어놀며, 하늘을 온몸으로 배우기

교육내용
1) 인생에서 중요한 일 8가지
2) 선인류의 행동지침과 건강지침
3) 명상, 파장과 교감, 예술 활동, 캠핑과 여행

기존의 학교 교육을 그만두어야 참가할 수 있는 프로그램이었음에도 나의 딸을 포함하여 총 38명의 아이들이 지원하였다. 공동체 입주에 뜻을 두고 있는 열린 부모들이었지만, 그런 결정을 내리는 데는 용기가 필요했을 것이다.

이 아이들은 이제 우리가 책임져야 한다는 강한 사명감이 들었다. 자의에 의해서든 부모의 뜻에 의해서든 정규학교 교육 대신에 '인생에서 중요한 일'을 배우는 학교를 선택한 특별한 아이들이었다. 그리고……, 얼마 후 2층짜리 오래 된 폐교를 리모델링한 공간에 안내자와 학생을 포함하여 50여 명이 함께 살게 되었다. (우린 선생님이라는 호칭 대신 안내자라는 소박한 호칭으로 불리기를 좋아했다.)

우선 시골 생활이 모두 처음이었다. 청소를 하고 돌아서자마자 다시 쌓이는 수백 마리의 곤충의 사체에 안내자도 아이들도 기겁을 했다. 그리고 솔직히 고흥의 8월은 더워도 너무 더웠다. 100년 만의 더위라던가. 후회를 하기엔 아직 일렀다.

아이들은 또 어땠던가. 4살 민재부터 18살 소희까지 나이도 특징도 다양한 아이들은, 일부러 골고루 선발이라도 해 온 것처럼 출신지가 서울에서 부산까지 다양했다. 아이들의 특성은 마치 우주의 무수한 별에서 한 명씩 뽑아오기라도 한 것처럼 변화무쌍 그 자체였다.

하루도 그냥 심심하게 지나가는 날이 없는 환상적인 날들……이라기보다는 매일이 아수라장이었다. 막내는 빽빽 울고 맏언니는 도무지 통제되지 않는 이 상황이 너무 정신없어 싫다고 했다. 가만히 있어도 후끈 올라오는 고온다습의 열기와 일탈을 꿈꾸는 아이들의 에너지, 안전을 사수하려는 안내자들의 고집스러운 오기가 한데 뭉쳐 고흥의 하루하루는 전쟁같이 흘러갔다. 전쟁이 잠시 소강상태에 이르는 것은 바다에 나갔을 때뿐이었다.

100일이 지난 뒤

아이들은 저마다의 상처를 안고 있었다. 정규 교육의 틀 안에서 숨죽이고 있던 상처들은 때를 만난 듯 짜증으로 분노로 이상 행동으로 표현되며 자신을 드러내기 시작했다. 모든 것들이 감춰지지 않고 수면 위로 올라오는 소용돌이 속에서 아이들도 안내자들도 한참을 혼미한 상태에서 보냈다.

인생은 원래 고해苦海이기 때문일까. 태어나면서부터 자신과

마을 곳곳이 교실이 되고
마을의 구성원 전체가
학생이고 안내자이며,
공동체의 삶도 자체가
커리큘럼이 된다.

부모의 고통을 담보로 태어나는데다, 성장하면서 가정과 학교에서 겪은 온갖 아픔들, 자기 스스로가 자신을 사랑하지 못함으로 인한 자격지심과 피해의식 등 부정적인 에너지, 불확실한 미래에 대한 불안……. 지구별에 태어난 사람이면 누구도 피해갈 수 없는 생로병사의 고통을 아이들도 고스란히 갖고 있었다.

그런 점에서 자연은 참 좋은 스승이었다. 너른 바다는 아이들의 아픔을 넉넉하게 감싸 주었고 밤하늘의 별들은 아이들에게 자신의 빛을 찾아 아름답게 빛나라고 말해 주었다. 고흥의 풍요로운 자연에 뒹굴고 하소연하며 아이들은 점점 상처가 치유되어 가는 것 같았다. 세상살이에 지친 안내자들의 고단한 몸과 마음도…….

함께 자연으로 나가 걷고, 땀 흘리고, 이야기 나누며 우린 서서히 하나가 되어갔다. 그러면서 자연을 닮은 사랑을 주는 것이 최고의 교육법이라는 것을 깨달았다. 농부가 벼가 익기를 기다리듯이 서두르지 않고 꾸준히 사랑을 주면서 기다려 주는 일……. 안내자들은 아침저녁으로 튜닝을 하면서 우리의 좌표를 살피고 마음을 맞춰 갔다. 아이들을 있는 그대로 받아들이고 그저 사랑하고 또 사랑하기로 했다.

그래, 교육에 무슨 현란한 방법이 필요하랴. 선애학교는 원래 사랑이라는 기반 위에 만들어진 학교였다. 자신을 사랑하고 이웃을 사랑하고 세상을 사랑하고 자연을 사랑하고 만물을 사랑하고 하늘을 사랑하고 종내 그들과 하나 되고자 하는 것이 바로 선仙을 사랑하는, 선애仙愛학교의 단 하나의 교육이념이었다. 그것을 우리는 아이들과 함께 뜨거운 여름을 보내면서 몸으로 체득해 갔다.

안내자들의 헌신적인 노력뿐 아니라 언니, 오빠, 동생, 친구들과 함께 살아가는 공동체적인 삶이 아이들에게는 무한한 편안함과 치유력으로 작용했던 것 같다. 혼자거나 형제만 있는 가정에서 온 아이들은 본래 가족이 그렇듯 함께 웃고 울며 (말하자면, 지지고 볶으며) 우리만의 해법을 찾아가고 있었다.

또한 원하는 것을 원하는 만큼 하자는 자율성의 극대화로 한때 통솔의 어려움마저 느껴지던 학교의 분위기는 '타인도 나만큼 소중한 존재'라는 의식이 성장하면서 점차 자리를 잡아갔다. 사랑과 자율의 경계에서 좌충우돌하던 100일 학교는 후반부로 향해가면서 차츰 파도가 안정되고 나름 행복한 파장이 넘실대고 있었다.

가을이 무르익어갈 무렵, 요란한 귀뚜라미 소리와 함께 이별의 날이 왔다. 100일간 우린 무얼 가르치고 무얼 배웠을까?

기존 교육의 잣대로는 제대로 된 교육이 아닐 수도 있지만, 인생에서 가장 중요한 덕목인 '사랑' 하나는 제대로 배웠다고 자부한다. 이기적인 사랑이 아니라, 상대방을 기다려주고 진정으로 사랑해 주는 법을, 자신과 가족뿐 아니라 더 큰 가족인 이웃과 자연, 그리고 하늘과 우주에 대한 사랑을……. 선애仙愛학교라는 이름에 맞게 우리는 그러한 배움을 나누고 향유했다.

하지만 누군가 나에게 그 뜨거운 시절을 되풀이하라고 한다면? 다시 한 번 생각해 봐야겠다. 학창시절은 좋은 추억이지만 다시 돌아가 수능을 치고 싶지는 않은 법이니까. 하하.

이젠 예비학교를 마치고 본격적인 학교를 시작해야 할 때였다. 그간 건설 중이던 공동체 마을도 거의 완성되어 속속 입주를 시작하고 있었다. 한데 모여 있던 아이들과 안내자들이 울타리를 떠나 각자의 마을로 흩어져 갔다.

드디어 우리가 원하던 마을이 생겼다. 그리고 자연스럽게 마을에 모인 사람들끼리 학교를 꾸리기 시작했다. 마을마다 아이들도 천차만별이고 안내자 특성도 다양하다. 각각 어떤 학교가 될지는 아직 아무도 모른다. 100일학교는 그래도 2층 건물도 있고 많이 '학교' 같았는데, 마을에 들어서는 우리의 학교는……, 모든 것이 아직 미지수다. 마치 새로 나온 만화책의 비닐을 뜯을 때처럼 두근두근하다. 확실한 건 훨씬 풍부하고 재미있을 거라는 점이다. 지금부터의 시나리오는 안내자와 학생들만이 아니라 여러 마을 주민들, 그리고 마을의 모든 자연이 같이 써 나갈 것이기에……

선애학교여, 영원하라!

영화 〈카모메 식당〉을 보면, 식당에 한 달이 넘도록 손님이 없었는데, 어느 날 주인공이 시나몬 롤을 굽자 동양인의 가게를 낯설어하던 핀란드인 손님들이 갓 구운 시나몬 향에 이끌려 들어오는 장면이 나온다.

100일 학교를 시작할 때 아이들과 안내자들 사이에도 그런 낯설음이 있었다. 그러던 어느 날 나는 빵을 굽기 시작했다. 여차하면 외도하려고 배워둔 제빵 기술이 그렇게 쓸모가 있을 줄이야! 그해 여름 시골학교에서 '빵'이란 환상적인 존재였다.

매일 오후 4시쯤 풍겨오는 고소한 냄새에 4살짜리 꼬마부터 말썽꾸러기 고딩들, 더위에 지친 안내자들까지 오븐 앞으로 모였다. 땀을 흘리며 함께 빵을 먹는 동안 낯설음이 사라졌음은 물론이다.

사람들을 움직이는 것은 규칙이나 원칙이 아니라 '빵'이었다. 우리 안내자들은 사랑님, 희망님, 별빛님, 좋아용님 등 저마다 별칭을 가지고 있는데, 나는 빵 덕분에 '포근포근님'으로 불리게 되었다.

이제 2막을 열면서 나는 다시 오븐을 꺼낸다. 잠시 안 본 사이에 아이들이 폭풍 성장을 했듯이 나도 더 진화한 기술로 빵을 구워야 할 것 같다. 살살 주물러 모양을 만들고 타지 않게 이쪽저쪽으로 돌리면서 구수하게 구워본다.

그런 사랑의 기술자가 되고 싶다. 말로 표현하지 않아도 몸으로 먼저 알아버리는 아이들이기에 안내자는 무엇보다 마음을 터치하는 손길이 섬세하고 부드러워져야 한다. 치우친 사랑으로 타버리지 않게, 골고루 어루만져 포근포근하게, 배고픔뿐 아니라 외로움과 막막함을 달래주고 인도해 주는, 그런 빵을 굽는 일급 제빵사가 되고 싶다.

빵을 굽다가 문득 구석을 보니 어린 시절의 내가 있다.

웅크리고 있는가. 건드리고 싶지 않아서 생각도 나지 않았던 어린 나의 모습을 처음으로 자세히 본다. 많이 안쓰럽다. 지금 나의 딸보다 훨씬 어린 그 때의 나. 어린 나를 꼬옥 안아주며 등을 쓸어준다. 놀라고 무서워서 경직되어 있는 아이의 눈을 바라보며 이젠 정말 괜찮다고 말해준다. 너는 사실은 너무나 사랑을 많이 받아 왔고 너의 환경은 하늘에서 너를 정말 많이 사랑하신다는 표현이라고. 그리고 나는 너를 얼마나 사랑하는지 모른다고. 크게 내세울 것도 없고 가진 것도 없고, 별로 이쁘지도 않은 네가 나는 참 좋다고.

동생아. 따뜻하게 안아주고 싶다. 그리고 말해주고 싶어. 너를 많이 사랑한다고. 이젠 더 이상 외로워하지 않길……. 본래의 어머니인 우주로 돌아감을 축하해. 이곳에서 못 받은 사랑 많이 받고 많이 주며 행복하길 바란다. 이 세상에서 자매의 연으로 만났던 것에 대해, 잠시라도 너와 같은 하늘 아래숨 쉬고 있었다는 것에 참으로 감사한단다.

어머니……. 어머니의 딸로 태어난 저의 환경이 진화를 위한 가장 이상적인 스케줄임을 알게 되었어요. 이렇게 낳아주셔서 감사합니다. 그리고 우리 자매를 얼굴 크고 코 납작하게 만들어 주신 것이 부모님이 아니라, 조물주님이라고 생각하니 큰 위로가 됩니다. 하하하!

지금 선애학교는 공동체 마을에 뿌리 내리는 시도를 하고 있다. 마을 곳곳이 교실이 되고 마을의 구성원 전체가 학생이고 안내자이며, 공동체의 삶 자체가 커리큘럼이 된다. 생태적인 삶을 통해 자연을 배우고 이웃과의 나눔을 통해 사랑을 배우며, 하늘과 우주를 알고 사랑하는 영성수업까지 자연스럽게 이루어지는 곳이 선애빌의 마을 학교인 선애학교이다.

별 전체가 대단한 학교인 지구에서 공부는 언제나 진행 중이지만 지금 우리는 그 중에서도 특별한 학교를 만들어 가고 있다. '사랑'이라는 전공과 함께, 인생을 보람 있게 살고 아름답게 마무리하는 법을 비롯한 '선인류 과정'을 우수하게 수료한 우리 아이들은, 지구별에 닥친다는 어떤 어려움도 든든히 극복하고, 마침내 새로운 시대의 리더가 될 것이다.

포근포근
고흥 선애학교 안내자

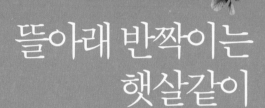

뜰아래 반짝이는 햇살같이

지구소풍

사회적 성공이라는 답답한 기대의
굴레를 벗어내 헐렁해진 빈 곳으로 자유의
바람이 시원하게 들어오기 시작했다.
우리는 마을을 통해 숨을 쉬기 시작했다.

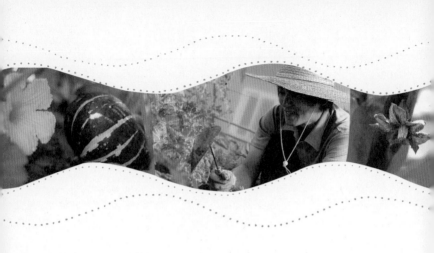

뜰아래 반짝이는 햇살같이
창가에 속삭이는 별빛같이
반짝이는 마음들이 모여 삽니다
오순도순 속삭이며 살아갑니다

비바람이 불어도 꽃은 피듯이
어려움 속에서도 꿈은 있지요
웃음이 피어나는 꽃동네 새 동네
행복이 번져가는 꽃동네 새 동네

누구나 아는 노래를 흥얼거리며 글을 시작해 본다. 나는 동요를 좋아한다. 어떤 날은 동요만 하루 종일 부르면서 다니기도 한다. 동요를 아이들의 노래라고 우습게 볼 것이 아닌 것이, 멜로디도 맑고 밝지만 가사 하나하나가 참 순수하면서도 진리에 닿아 있다. 동요처럼만 살면 세상은 참 선하고 아름다워질 것이다. 동요를 부르면 왠지 눈물이 날 때가 많은데 다른 사람은 어떤지 모르겠다. 눈물이 나는 이유는, 동요의 내용처럼 살고 싶은데 그렇게 살지 못하는 것에 대한 아쉬움과 그리움 때문이 아닐까.

내 인생에 대 지진

그날도 아침나절은 동화 같은 날이 될 가능성이 있어 보였다. 겨울에서 봄으로 넘어가는 때였지만 도쿄의 날씨는 한국보다 훨씬 따뜻해서 봄기운이 완연했다. 나는 당시 히토츠바시一橋 대학에 객원연구원으로 파견되어 가족과 함께 일본에 머물고 있었다.

평소와 같이 외출을 했는데 갑자기 가슴이 몹시 답답해지는 것이었다. 분노에 가까운 답답함이었다. 결국 할 일을 다

하지도 못하고 숙소로 돌아와 호흡을 시작했다. 그런데 갑자기 달그락달그락하는 소리가 들리면서 점점 거칠어지는 진동이 느껴졌다. 지진이었다.

짧은 일본 생활이지만 한 달에 몇 번이나 겪는 일이었기에 처음엔 그다지 놀라지는 않았다. 그러나 그날의 지진은 달랐다. 2011년 3월. 일본 대지진의 시작이었다.

바로 서 있기도 힘들었고 무언가를 잡을 수도 없이 계속 진동이 이어졌다. 순간 건물이 붕괴될지도 모른다는 생각에 무조건 아이들을 끌어안고 건물 밖으로 튀어 나갔다. 중심을 잡으려고 했지만 다리는 술에 취한 듯 비틀거렸다. 옆집 캐나다인은 큰 소리를 지르며 맨발로 베란다를 뛰어넘고 있었다. 한국에서 3년을 살다 왔다는 그 캐나다인은 나를 보고, 한국의 고층 아파트에서 이런 일이 생겼더라면 어땠을까 하며 고개를 절레절레 흔들어댔다. 일본의 건축기술은 과연 듣던 대로여서 그날 건물은 손상 없이 멀쩡했다. 하지만 여기저기서 가족이 연락이 안 된다며 전화하는 사람들로 술렁이고 있었다.

모든 전기와 통신이 두절되었다. 도쿄에 20년 넘게 산 지인으로부터 그 같은 지진은 처음이라는 전화를 받은 것은 다음

날 새벽이었다. 연이어 통화가 된 장모님의 눈물 섞인 빨리 들어오라는 말씀에 주위 분들이 밤새 겪었을 걱정이 전달되었다. 막상 현지에서는 정전으로 방송을 들을 수 없어 사태의 심각성을 몰랐는데 이미 전 세계에 속보로 일본의 지진이 생중계되고 있었던 거였다. 전해들은 지진 지역의 참상은 믿기 어려울 정도였다.

그날부터 우리 가족은 옷을 갖춰 입고 잠자리에 들었다. 언제든지 탈출할 수 있도록 필수품을 배낭에 넣어 현관 앞에 둔 채였다. 도쿄 지역에서도 단수와 단전이 시차별로 시행되고 있었다. 엎친 데 덮친 격으로 후쿠시마 원전이 터졌다. 그렇게나 침착하던 사람들이 동요하기 시작했다. 식료품을 파는 상점마다 줄이 수십 미터씩 이어졌다. 엄청난 자연재해는 지진에 단련되고 질서와 배려 정신이 투철한 일본 사람들마저 뒤흔들어 놓았다.

지진이 일어난 다음 날 오래 줄을 서서 어렵사리 들어간 상점에는 이미 쌀이 동나 있었고 생수도 품절이었다. 그나마 조금 남아 있는 식자재들은 빠른 속도로 바닥을 보이고 있었다. 남의 물건에 손대는 것을 치욕으로 여기는 일본이지만 지진 발생 일주일 만에 도둑이 나타났다는 기사가 크게 보도되었다. 주유소에는 수백 미터씩 차들이 줄을 서 있었고 공항은 외국인들로 엑소더스를 방불케 하였다.

자연의 힘은 강했다. 세계 경제대국을 자랑하던 일본이 단번에 무너질 수도 있음을 보여주었다. 일본이 아니라 한국이나 지진 대비가 상대적으로 덜한 나라에서 이런 일이 발생했더라면 하는 예측을 하는 것조차 끔찍한 일이었다. 아비규환 그 자체가 아닐까. 가까운 예로 작년에 구미 지역에 단수가 되었을 때만 해도 당장 하루 만에 삶의 질이 바닥으로 떨어지는 것을 보지 않았던가. 우리가 누리고 있는 편리한 삶이 얼마나 사상누각 위에 지어진 것인지를 뼈저리게 경험하고, 나는 지진발생 일주일 만에 귀국할 수 있었다.

우리 가족이 서울을 떠난 이유

얼마 후 나는 아내와 세 아들과 함께 공동체 마을로 이주했다. 일본에서 겪은 일로 시기를 조금 앞당겼을 뿐, 실은 한참 전부터 준비를 하고 있었다. 이유는 사실 남들이 생각하는 것처럼 거창하지도 구체적이지도 않았다. 그저 좀 지쳐 있었던 것 같다. 일하기도 싫었고, 사람을 만나는 것도 달갑지 않았다. 당시 나는 모든 것에 회의가 있었다.

내가 직장에서 하던 일은 수능시험을 비롯한 국가시험을 운영하고 관리하는 것이었다. 모두가 알고 있듯이 대한민국에서 교육은 언제나 첨예한 이슈다. 특히 시험에 대한 불만과 교육적 질타는 실로 크다. 시험은 치르는 쪽도 그렇지만 치르게 하는 쪽도 편한 일은 아니다. 그래서 언제나 긴장의 연속이었다. 보람 같은 것은 거의 느낄 수가 없었다. 단지 무탈하게 업무가 수행되기만을 바랄 뿐이었다.

그렇게 거의 13년을 근무했다. 그 사이 몸은 둔해졌고 곳곳이 쑤셨다. 마음은 점점 빛을 잃어갔다. 국가의 교육을 담당하는 직업이라는 명예, 편안하고 안전한 직장이라는 남들의 부러움은 허울 좋은 것이었다. 마치 사람들을 시험에 들게 하

여 그 눈물을 먹고사는 직업이 아닌가 하는 죄책감이 들 때도 있었다. 그리고 수험생들의 눈물과 학부모들의 눈물이 메마르지 않도록 시험은 줄기차게 시행되었다.

죄송한 얘기지만 함께 일하던 동료들에서도 교육에 대한 희망을 발견할 순 없었다. 입신양명과 먹고사는 문제가 제일 중요한 가치인 작금의 현실이 사람 좋던 그들에게도 예외는 아니었다. 교육이라는 본래의 목적은 가치의 순위에서 첫 번째가 아니었고, 오히려 생계를 위한 수단에 가까웠다.

그러나 그것이 싫다고 해서 쉽게 벗어날 수 있는 것은 아니었다. 가족을 비롯한 주변 사람들의 시선에는 늘 정형화된 기준이 있었고, 그 기준을 만족시켜야 정상적인 사회인 취급을 받을 수 있기 때문이었다. 그래야만 밥벌이도 가능했다. 현실을 유지하는 일은 녹록한 일이 아니었다. 하고 싶지 않아도 꾹꾹 참아가며 몸과 마음을 바쳐야 가능했다. 한 마디로 '다른 사람들의 시선과 기대에 따라 사는 인생'이라고 할 수 있었다.

결국 내가 진정으로 원하는 것은 할 수 없었다. 사실 내가 원하는 것이 무엇인지도 잘 몰랐다. 어려서부터 주변의 시선과 기대에 따라서만 살아왔기에. 그것이 바른 삶이라고 암묵적으로 배워왔고, 그렇게 살도록 잘 길들여져 왔다. 내가 누구인지, 어떻게 살아야 하는지에 대한 의문조차 비집고 나올 틈이 없었다.

뭐 먹고살려고 하는가?

그러다가 접한 것이 '공동체'였다. 생태적이고 대안교육적인 삶을 지향한다는 말에 눈길이 끌렸다. 그런 생각을 하는 사람들을 만난 것 자체가 나에게는 놀라움이었다. 속된 말로 '필이 꽂혔다'고 할까. 혼자서는 도저히 실행할 엄두가 안 나던 일을 여럿이 모여서 이미 추진하고 있었다. 게다가 자연과 함께하는 삶이라는 점과 교육에 대한 고민을 공유하고 있다는 점이 나의 내면의 욕구와 맞아떨어졌다. 같은 직장에 다니던 아내의 뜻도 그러했다. 그렇게 해서 나는 총 14년간의 직장 생활을 접고, 새로운 곳에서 새로운 일과 삶을 시작하게 되었다.

결정을 내리기까지 가장 마음에 걸렸던 건 부모님이었다. 대부분의 부모님이 그러시듯 나의 부모님도 자식이 잘 되기만을 바라시지만 그 기준은 돈과 명예였다. 아들 셋을 키워야 하는 나의 미래를 불안해하시고 더 많은 저축을 하기를 원하셨다. 그 좋은 직장을 그만두고 공동체 마을로 들어간다는 것은 상상도 못 하실 일이었다.

그래서 죄송하게도 속이게 되었다. 좀 더 정확하게는 공동체 마을로 이사를 하기 전날까지 아무 말씀을 드리지 않았다. 부모님이 몹시 놀라고 섭섭해하실 거라는 건 예상했지만, 당시의 삶을 벗어나기 위한 가장 가능성 있는 방법이었다. 사전에 상의를 드렸다면 십중팔구 눈물을 동반한 엄청난 반대에 부딪혔을 것이며, 지금껏 그래 왔듯이 나는 설득당해서 다시 눌러앉게 되었을 것이다.

두 번째 걸림돌은 회사였다. 어떻게 보면 부모님을 설득하는 것보다도 더 힘든 관문이었다. 회사는 소위 '밥줄'이기 때문이다. 그래서 현실을 벗어나고자 하는 대부분 사람들의 실행의지를 꺾는 이유이기도 하다. 나도 예외는 아니었다. 우리 부부는 둘 다 어린 시절 경제적으로 어려움을 많이 겪었던 탓에 먹고사는 문제에 집착이 강했다. 넉넉하지 않은 양가의 부모님까지 일정 정도를 부양해야 하는 형편으로 볼 때 직장은 어쩌면 가족들의 목숨을 담보하는 곳과도 같았다.

그러나 회사는 나의 목숨까지 담보하는 곳 또한 아니었다.

직장을 다니면 다닐수록 삶에 대한 회의는 짙어졌고, 건강은 바닥으로 향했다. 이러다 병이라도 생기면 어쩔 것인가? 가족을 지키려다 내가 먼저 비명횡사할 수 있다는 생각이 들었다.

"뭐 먹고살려고 하는가?"

직장을 벗어나는 내게 동료들이 가장 많이 물었던 질문이다. 근심어린 표정으로 말이다. 하지만 그들의 질문에 근심만 있었던 것은 아님을 나는 잘 알고 있었다. 무언가 다른 삶을 그들도 간절히 원하고 있었기에 그 질문에는 부러움과 궁금함이 함께 묻어 있었다. 그래서 사실대로 말했다.

"사실 나도 두렵다. 어떻게 먹고살지 아직 모르겠다. 그러나 내가 지금 이 길을 선택하지 않는다면 늙어서 땅을 칠지도 모른다. '왜 그때 다른 길로 한 발짝 내딛지 못했을까' 하고 후회하면서 말이다. 그렇게 후회할 것이 새로운 길을 가는 것보다 훨씬 두렵다. 그래서 나는 지금의 기회를 선택했다."

이상한 세상

이곳에 오기 전의 삶은 한 마디로 내게 맞지 않는 옷이었다. 남에게 잘 보이기 위해 입었을 뿐 편안한 옷도 원하는 옷도 아니었다. 남들의 선망을 받으며 박사과정까지 다녔지만, 정작 나는 아무것도 할 줄 아는 게 없었다. 화려한 껍질 속은 텅 비어 있었다. 일은 열심히 했지만 인정받기 위해서, 좀 더 정확하게는 욕먹지 않으려고 했을 뿐이다. 누군가가 알아주지 않아도 진정으로 내가 하고 싶은 일을 하며 사는 것을 오랫동안 갈망해 왔지만 쉽지 않았다. 그 원인은 여러 가지가 있겠지만, 가장 큰 이유는 결국 나 자신이었다.

치열한 경쟁을 통해 인정받고 살아남아야 하는 현실에 누구보다 나 자신이 길들여져 있었다. 그래야만 더 많은 혜택과 보상을 받기 때문이었다. 늘 싸워서 이겨야 하는 삶과 매번 이기지 못해 좌절하는 절망의 삶을 나도 모르게 반복하고 있었다. 그러다 어느 순간 이 모든 것이 이상하게 느껴졌다.

어디에도 확실한 승자가 없었던 것이다. 아무리 애를 써도 이기는 건 순간일 뿐, 나보다 더 가진 사람, 더 위에 있는 상대가 있었다. 세상은 온통 패배자로 넘쳤다. 나도 다르지 않았다. 항상 어딘가로부터 뒤처진 느낌이고, 조금만 방심하면 그나마 대열에서 낙오될 것 같아 계속해서 발버둥 쳐야 했다. 아무도 이길 수 없고 모두가 패자인 참 이상한 세상에서 우리가 살고 있음을 한참 뒤에야 알게 된 것이다. 그때가 이미 30대 후반이었으니…….

이미 인생의 절반을 살았지만 아직 살아갈 날도 많이 남은 적당한 나이. 지나간 것을 되돌릴 수는 없지만 앞으로는 내가 원하는 대로 살고 싶었다. 그래서, 뒤늦게 자신의 매트릭스를 인식한 네오는 그 사슬을 끊기 위해 발버둥치다 마침내 기존 사회와는 다른 패러다임으로 살아가는 사람들을 만나 탈출에 성공하게 되었다.

공동체 마을을 만들고 가꾸기 위해 모인 사람들은 나와 처지가 비슷했다. 저마다 잘 나가던 직업인이었고 유능한 사회인이었지만, 그런 삶에서 기쁨보다는 의문을 발견한 분들이었다. 그리고 과감히 그 대열에서 이탈하여 행복의 새로운 기준을 만들어가고 있었다. 적어도 미래를 이어갈 아이들에게 지금과 같은 세상을 물려주고 싶지 않다고 했다. 사회적 성공이라는 답답한 기대의 굴레를 벗어내니 헐렁해진 빈 곳으로 자유의 바람이 시원하게 들어오기 시작했다. 우리는 마을을 통

해 숨을 쉬기 시작했다.

생태공동체 예찬

언젠가는 복잡하고 숨 막히는 도시를 떠나 한적하고 공기
맑은 시골에서 살고 싶다는 생각을 누구나 한 번쯤은 해보았
을 것이다.

그러나 막상 도시에서 태어나 생활해온 사람이 도시를 떠
난다는 건 무인도로 가는 것만큼이나 용기가 필요한 일일지
도 모른다. 당장 생계를 어떻게 하고 아이들 교육은 어떻게 할
것인지 대책이 없으며, 알게 모르게 누려왔던 도시의 혜택을
포기해야 하기 때문이다. 게다가 다행히 나처럼 가족들이 뜻
을 같이하는 경우가 아니라면 더욱 그러할 것이다.

그래서 이 글을 읽고 오히려 더 막막함을 느끼는 분이 계실
지도 모르겠다. 마치 매트릭스를 인식하기만 하고 탈출구는
아직 발견하지 못한 네오처럼. 기대만큼이나 걱정되는 부분이
많기 때문에 결국 많은 사람들은 막연한 그리움을 간직한 채
평생을 도시에서 벗어나지 못하는 것일 것이다.

그러나 공동체가 되면 얘기가 달라진다. 기존에 받던 연봉을 받을 수는 없지만 생활의 질은 한층 올라갈 수 있다. 같은 돈으로도 할 수 있는 일이 훨씬 많아진다. 도시에서는 한 끼 외식으로 나가는 돈으로 마을 주민 전체가 배부르고 즐겁게 식사를 할 수 있다. 또 집집마다 세탁기와 냉장고 같은 가전제품이 필요하지 않다. 웬만한 일은 공동 시설을 이용하면 되니 구입비용이 들지 않고 생활이 단순해진다. 공동의 일을 통해 업무를 분담하므로 자신을 위한 시간도 확보된다. 직장 일에 온통 매달려 나의 삶이 없던 때와는 천지 차이이다.

게다가 시골에 오니 산천에 나는 풀은 대부분 먹을 수 있는 양식이었다. 여기저기에서 온갖 양식이 제 계절에 맞추어 어김없이 자라난다. 돌아보면 먹을 것 천지이고 모두 자연이 대가 없이 베풀어 주는 것들이다. 뭐 먹고살 것인가? 일단 와 보면 해결이 난다.

외부에 나갔다가 마을에 들어서면 가장 먼저 아이들이 반겨준다. 마을 곳곳을 누비며 노느라 바쁜 아이들은 삼촌이 왔다고 손을 흔들며 달려온다. 마땅한 놀이 시설도 없는데 참 즐거워 보인다. 마을 전체가 놀이터이다. 돈으로 값을 매길 수 없는 공동체의 귀한 가치 중 하나이다. 교육 문제 또한 공동체

자연과 교감하며 친환경적 방법으로 농사를 짓고, 다양한
예술 활동에 직접 참여하거나 향유할 수 있으며, 내가 디자인
한 멋진 집을 손수 지어서 살아볼 수도 있는 곳.

내의 학교에서 모두 해결이 되므로 걱정할 필요가 없다.

장차 공동체 마을끼리 연결이 되면 큰 돈 들이지 않고 여행도 할 수 있을 것이다. 여행은 인생에서 좋은 공부의 교재이다. 옛 선비들이 봇짐 하나 들고 지방에서 서울까지 유유히 도착했듯이, 우리 아이들은 만나는 마을이 숙소가 되고 만나는 사람을 스승으로 하여 배움의 여행을 할 수 있을 것이다.

어여쁜 삶을 준비하며

이미 국내외에서 공동체 마을에 대한 시도가 많이 이루어지고 있다. 40여 개 국에서 온 2,000여 명이 다양한 영적 실험을 하면서 어울려 사는 인도의 오로빌 공동체가 있고, 튜닝이란 방법을 통해 자연과 직접 대화하며 농사를 지으면서 갖가지 인성 계발 프로그램을 운영하는 스코틀랜드의 핀드혼 공동체도 있다. 국내에도 철저한 집단소유를 실현하면서 어울려 사는 야마기시 공동체가 있고, 무교회 정신에 입각해 설립되어 국내 최초로 오리농법을 보급하여 퍼트리면서 지역민과 결합한 독특한 공동체를 이루고 있는 풀무농고가 있다. 물론 이밖에도 훌륭한 공동체들이 많으며 내가 살고 있는 선애빌도 그 중 하나이다. 모두 새로운 대안사회를 만들고자 하는 흐름 위에서 열심히 노를 젓는 분들이라고 생각한다.

막연히 생태적인 삶을 동경하고 교육 문제를 개탄하다가 선택한 공동체 생활은 더 큰 희망의 길을 제시해 주었다. 일본에서의 짧은 재해 체험은 그러한 필요성을 더욱 확실하게 해 주었다. 쓰레기 줄이기와 에너지 절약, 생태화장실 사용을 통한 자원의 순환과 빗물의 재활용, 텃밭과 산야초 효소 등을 통한 건강한 먹을거리 생산 등을 공동체 생활에서 실천하고 있다. 이러한 삶이 도시인들에게는 그저 불편하게만 여겨질 수 있으나 만일 일본 대지진 같은 재해라도 겪는다면 상황은 달라질 것이다. 자연재해를 막을 수는 없어도 생태적 삶은 그 강도를 낮추고 잘 극복하게 해줄 거라고 생각한다.

생태적이고 대안적인 삶은 시골이 아닌 도시에서도 가능하다. 서울시에서도 마을공동체를 추진하고 있다고 들었다. 도시에서도 마을 단위로 텃밭을 가꾸고 빗물을 저장하는 등 생태적인 시설을 적용할 수 있다. 도저히 여건이 어렵다면, 동네마다 있는 학교를 이용하면 어떨까 한다. 대부분의 학교가 운동장이 있으므로 공간이 해결되며, 아이들에게도 그러한 삶을 자연스럽게 체험하게 할 수 있을 것이다. 나의 경험상 재해가 발생한다면 유사시에 학교로 대피하여 생활하기에도 적절할 것으로 생각이 든다. 우리 시대는 기후와 환경의 변화로 자연재해가 점점 늘어날 것으로 보인다. 좀 더 적극적으로 준비하고 실천해도 좋지 않을까.

내가 살 집을 짓듯이 우리가 살 마을을, 세상을 하나씩 함께 만들어 가면 좋겠다. 경제가 튼튼한 일본이 자연재해 앞에서 속수무책이었다는 사실은 물질에 바탕을 둔 삶의 한계를 보여준다.

우리 마을도 아직은 시작 단계라 장차 어떤 모습으로 진화할지 장담할 수 없다. 그러나 새로운 삶에 대한 염려는 다양한 가족이 모여 큰 가족을 이루면서 희망으로 전환되고 있다.

그저 주민들끼리 모이면 이런 이야기들을 한다.

자연과 교감하며 친환경적 방법으로 농사를 짓고, 다양한 예술 활동에 직접 참여하거나 향유할 수 있으며, 내가 디자인한 멋진 집을 손수 지어서 살아볼 수도 있는 곳. 그 위에 맑은 우주기운으로 하는 명상을 통해 영성 계발까지 도모하는 완벽한 전인교육이 이루어지는 곳……이었으면 좋겠다.

그렇게 자꾸만 생각하고 함께 노력하면 그런 방향으로 가지 않을까?

　뜰아래 반짝이는 햇살같이,
　창가에 속삭이는 별빛같이……
　그렇게 반짝반짝, 오순도순 살고 싶다.
　현대의 삶에 지친 사람들이 나도 그렇게 살고 싶다는 마음
을 불러일으키도록.
　나와 내 가족도 도시를 떠나 살 수 있다는 용기를 가질
수 있도록.

　내가 꿈꾸는 선인류의 삶은, 그렇게 어여쁜 동요와 같은 삶
이다.

지구소풍
대안교육 연구 및 배움 공동체 운영

그토록 찾고자
하는 것은……

제주 노임팩트맨

이렇게 아름다운 제주에서 하지 못한다면,
지구 어느 곳에서 할 수 있으랴.

오로빌에 가기까지

재작년 겨울, 나는 어찌어찌 하다 보니 인도로 향하는 비행기에 타고 있었다. 목적지는 첸나이, 인도 남부지방에 있는 도시였다. 그곳 가까이에 있다는 오로빌Auroville 공동체를 방문하기 위해 떠난 길이었다. 가깝다고는 하지만 첸나이 공항에 내려서도 차로 한나절은 가야 하는, 인도에서도 오지에 속하는 곳이다. 외국계 기업에 오래 근무했기에 외국을 다녀온 적은 많았지만 그런 곳은 처음이었다. 서울에서 출발해서 하루를 꼬박 가야 하는 고된 여정에 나는 몇 번이고 내가 어떻게 이곳에 있게 되었을까 스스로에게 묻곤 했다.

사실 오로빌이 궁금해서 떠난 길은 아니었다. 무언가 돌파구가 필요하던 차에 마침 그곳으로 가는 친구들이 있었고, 나에게 함께 가기를 제안해 왔다. 비바람 속 나그네처럼, 그때 나는 어디로든 가야 했다. 뭔가 뚜렷한 목표도 없이 정처 없는 방황을 하던 시기였기 때문에, 그리고 이제야 말하건대, 내가 오로빌을 방문하게 된 것은 순전히 운명이었다.

그 일정이 시작된 건 그보다 한참 전이었을 것이다. '마음의 소리'에 따라 살겠다며 10년 이상 잘 다니던 멀쩡한 직장을 그만두고 나왔다. 남이 들으면 벌어놓은 돈이 많아서, 아니면 탁월한 계획이 있어서라고 생각할 수 있으나 경제적으로는 노부모와 아들을 부양하는 상태에서 별다른 대책이 없었고 계획은커녕 이제 공부를 시작하는 처지였다.

그럼에도 불구하고 내 인생 최고의 결단을 내릴 수 있었던 건 정말 마음의 소리 때문이다. 40세가 넘으면서 점점 그런 소리가 커졌다. 지금이 아니면, 어쩌면 영원히 이 굴레를 벗어날 수 없을 거라는 것……. 그것은 밥벌이의 굴레일 수도 있고 인간 도리의 굴레일 수도 있고 욕망의 굴레일 수도 있었을 것이다.

　하여튼 그때 직장을 그만둔 후, 오랫동안 꿈꿔왔던 영화사업에 뛰어들었으나 한동안 매진을 해본 결과 내 마음의 소리가 가리키는 것은 그것이 아니라는 결론을 내리게 되었다. 그리고 이번에는 정말 무엇을 하겠다는 계획도 없이 영화사의 자리를 내려놓고 나왔다.

　그러나 먼저 찾아온 것은 자유보다는 불안감이었다. 제도권에 속하지 않고 있다는 인식만으로 내 삶이 근본 없이 흔들리는 느낌이 들었고, 막연한 불안감은 나로 하여금 계속해서 무언가를 찾도록 하였다.

　그 전부터 쓰려고 했던 책을 쓰고자 하는 생각도 있었다. 진작에 생각해둔 제목도 있었으니 '외로운 사람이 성공한다'였다. 성공의 기준을 바꾸고 싶었다. 기존의 기준에 따라 아무리 높이 올라간다 해도 자신의 마음속 깊숙이 자리한 욕구를 충족시켜 주지 못한다면 그것은 모래 위에 쌓은 성이요, 행복과는 거리가 먼 것이 아닌가. 그동안 나름 성공도 하고 행복하게 살아보겠다고 발버둥 쳤으나 오히려 겪지 않아도 될 일까지 겪으며 인생이 몇 차례 풍랑을 겪은 터라 나름 할 말이 많았다.

누구에게나 선악과가 있다.

지구에 태어난 인간에게는 '선악과'가 있다. 선악과란 절대 먹어서는 안 되는 금단의 열매이다. 누구나 인생에서 아무리 해도 안 되는데 자꾸만 눈이 가고 손이 가는 분야가 있을 것이다. 나에겐 그것이 가혹하게도 돈과 사랑 두 가지 다였던 것 같다.

한때 사랑에 모든 걸 걸었었다. 참, 무엇 때문에 그토록 외로워하고 사랑을 갈구했던가. 20대 중반이란 나이에, 모든 것을 줄 수도 있을 것 같던 상대와 어렵게 결혼에 골인했다. 그러나 이상하게도 나의 외로움은 결혼 후에 더욱 심해졌다. 난 다시 외로움을 채워줄 무언가를 찾아 헤매었고, 그 결과 얼마 가지 않아 결혼은 종지부를 찍게 되었다.

사랑하는 아이들과 사랑하는 사람과 함께 하지 못하는 고통을 돈으로 잊어보려 했다. 큰돈을 벌 수 있는 유혹이 연이어 찾아왔다. 허기진 영혼은 세상을 다 보상받으려는 듯 다시 모든 것을 걸었다. 하지만 세상은 이번에도 철저히 외면하였고 나를 구원해줄 줄 알았던 돈은 마수를 벌리고 오히려 나를 집어삼켰다. 나는 서서히 운명이 준비한 끝장 무대에 가까워지고 있었다.

- 암전 -

빠른 속도로 돌려보니, 인생이 마치 영화 한 편으로 압축해서 보는 것처럼 명쾌하게 정리가 된다. 결국 나 이외엔 그 누구도 본래의 외로움을 메워 줄 수 없다는 것을 알게 된 것은 이미 만신창이가 되고 난 다음이었다는 슬픈 스토리…….

무슨 인생이 그래요

그러나 이 슬픈 영화의 주인공은 아직 역할이 다한 것은 아니어서, 결정적인 순간에 극적으로 구출되어 제2의 인생을 시도하게 되는데……. 그 반전은 가장 소중한 것을 시험하는 모습으로 다가왔다. 한밤중에 갑자기 전처에게서 걸려온 전화. 미칠 듯한 마음으로 달려간 병원에는 파리한 모습의 아들이 누워 있었다. 병명은 급성 소아 백혈병. 아, 막장인생으로 달려가면서도 아무 망설임 없이 목숨이라도 내놓을 수 있던 단하나의 대상을 하늘은 앗아가려 하고 있었다. 이미 포기해버

린 세상이지만 원망하고 저주하며, 대신 이 썩은 몸뚱이를 데려가시라고 울부짖었다.

다행히 아이는 고비를 넘기고 다시 생명을 얻었고, 아빠랑 살고 싶다며 나에게 왔다. 구원이었다.

그즈음 마음공부를 하기 시작했고, 나에게 일어난 모든 일들은 기가 막힌 공부 과정이었음을 알게 되었다. 눈물과 후회 속에 지난날을 정리하고 앞으로 할 일에 대해 생각하게 되었다. 나는 무엇을 하려고 태어났는가? 마음의 소리가 커져 갔다. 잘나가던 직장을 그만둔 것이 그즈음이었다.

그리고 영화사업과 코칭 등 이런저런 시도를 하던 중 제주도로 가게 되었다. 지인의 초대로 방문한 제주도는 전에 놀러 갔을 때와는 다른 느낌으로 다가왔다. 섬 전체가 막 물질을 하고 나온 해녀처럼 반짝반짝 생기가 흘렀고 굽이굽이 오름마다 이야기가 숨어 있었다.

제주는 나처럼 지치고 힘든 사람들이 다시 시작할 수 있는 에너지를 넘치도록 가지고 있는 것 같았다. 어릴 적 어둠 속에 깨어 울고 있을 때 안아주던 어머니의 넉넉한 가슴을 가지고 있었다. 보기만 해도 푸근한 모양의 산방산을 올려다보던 나는 아예 눌러 살기로 결심했다.

일단 산방산 아래 집을 얻어 살기 시작했다. 나와 함께 살기를 원하는 아들과 함께였다.

난 무슨 일을 계획하면 우선 움직이고 보는 스타일이다. 머리로만 생각하기보다 걸으면서 생각하면 가다가 만나는 인연들이 있고 그러면서 일이 트이게 되는 경험을 했다. 마침 제주에 먼저 자리 잡고 공동체를 준비하던 분들이 있었고, 그들과 함께 나는 그해 겨울, 전 세계 공동체의 모델이라는 오로빌 공동체를 방문하게 되었다.

그토록 찾고자 하는 것은

오로빌 공동체는 인도의 정신적 지도자였던 스리 오로빈도와 그의 영적 동반자인 마더(Mother, 영적인 여성 위인에 대한 존칭)에 의해 1968년에 설립된 곳이다. 인종, 종교, 문화를 넘어 인류의 조화와 화합을 추구하기 위해 사막을 개척하여 만들었으며, 지금은 거대한 숲으로 변한 그 땅에 40여 개국 이상에서 온 2천여 명이 정착해서 살고 있다.

전 세계의 건축가들이 맘껏 상상력을 발휘한 그곳의 아름

다운 건축물들은 또 하나의 볼거리였다. 이리저리 구경을 하던 우리 일행은 오로빌리언(오로빌의 구성원)들에게 유기농 식사를 제공하는 솔라키친(태양열을 이용해 운영되는 카페테리아)에서 우연히 한국인을 만날 수 있었다.

그곳의 한국인은 30여 명으로 전체 10위에 해당한다고 했다. 최근 인도에 대한 관심이 부쩍 늘어나면서 방문객이 늘어나 현지에 있는 한국인 오로빌리언들에게 이것저것 도움을 구하는 바람에 관광객 차림의 한국인들은 그리 반가운 존재가 아님을 들어서 알고 있었다.

그런데 이분들은 우리를 보자마자 전혀 귀찮은 내색 없이 반가이 맞이해 주셨고, 집으로 초대해서 자신들의 지난 삶과 그곳 생활에 관한 이야기를 자세히 해주셨을 뿐 아니라 오로빌 내부를 함께 다니며 일일이 견학시켜 주셨다.

그 중에서도 오로빌에서 10년을 생활하신 여성 만다라 화가 한 분은 제주도에서 우리가 하고자 하는 일에 도움이 되고 싶다고 하시며, 공동체 설립과 관련하여 자문이 필요하면 언제든지 연락하라는 말씀과 함께 한국·인도 문화협회 회장님을 소개해 주시기까지 하셨다. 나중에야 들었는데, 우리를 처음 본 순간 참 맑은 사람들이라는 느낌이 와서 자연히 마음의 문이 열리고 기쁜 마음으로 맞이하게 되었다고 한다. 참 감사한 일이었다.

그런데 오로빌에 머물면서 사람들을 만나고 그곳의 생활을
알아가면서 내 마음속에는 커다란 의문점이 생겼다.

우리가 그곳에 머무는 동안 내내 온도는 30도가 넘었고 습
도는 90% 이상인 날씨가 이어졌다. 현지에서 태어나고 단련
되지 않은 이방인들에게는 충분히 가혹한 날씨였다. 그런데
현지인들의 이야기를 들어보니, 연중 이맘때가 가장 좋은 날
씨이며 여름은 상상 이상이라고 하는 것이었다. 기온이 섭씨
45~50도를 오르내리기 때문에 침대는 물론이요 돌로 된 바닥
에서도 잠을 자기 어렵고, 식사를 하다가 일사병이나 심장마
비로 갑자기 죽는 일도 왕왕 있다고 했다. 그런데 냉방시설이
잘 되어있지 않다 보니 하루만 지나면 시신이 부패하기 때문
에 바로 다음날 화장을 해야 한다고 한다. 그래서 오로빌리언
들은 항상 유서를 써둔다…….

대체 왜? 인간이 살기에는 최악의 기후 조건일 수도 있는
이곳을, 전 세계에서 많은 사람들이 자신은 물론 가족까지 데
리고 찾는 것일까? 게다가 정신적 지주인 마더가 세상을 떠난

후에도 공동체가 와해되기는커녕 튼튼하게 뿌리내리고 수십 년간 지속적으로 번창할 수 있었던 것은 어떤 이유일까?

무언가 있었다. 그토록 목숨을 건 삶을 감수하고라도 얻으려는 강력한 동인을 찾을 수만 있다면, 나의 끝을 알 수 없는 방황도 날개를 접고 정착할 수 있으리라.

그곳을 떠나기 전날 밤, 우리는 둘러앉아 이야기를 하는 시간을 가졌다. 나는 10리를 들고 온 돌덩이를 내려놓듯, 내내 가지고 있던 의문들을 서둘러 털어놓았다.

"대체 이런 곳에 사람들이 그렇게 찾아드는 이유는 뭘까."

여기 산다고 무슨 명예나 돈이 주어지는 것도 아니고 말이지. 오히려 경제적인 수입은 외부에서 구해야 하고 이곳에서는 쓰면서 사는 셈이잖아.

날씨는 또 어떻고. 목숨을 부지하려면 최소한 일 년에 몇 달은 외국에 나가 살아야 하는데 그런 생활도 만만치 않을 것 같아…….

무언가를 찾는 것 같아. 사람들의 마음속에 그들을 편안히 자기 자리에서 그냥 살도록 두지 않는 뭔가가 있는 것 같아.

저마다 한마디씩 주고받았다. 그러면서도 다들 정말 궁금해서 그러는 건 아닌 듯했다. 서로에게 확인하고 싶었을 뿐 답은 이미 알고 있었다. 나 또한 그러했다.

우리의 의견이 한참 오간 후에 늘 차분히 정리해 주곤 하는 S가 입을 열었다.

"지금 사람들이 가지고 있는 공통적인 감정이 '공허감'인 것 같아. 그 공허함 때문에 사람들은 편안한 잠자리를 떠나 이 열악한 곳까지 모여드는 것이 아닐까. 그것이 무엇인지는 알지 못하면서도 인도라는 나라, 그리고 오로빌에 오면 막연히 무언가 있을 거라 생각하고 하나 둘 찾아오는 거지."

본성을 찾는 지구별 여행자들

사실 물질문명의 막다른 골목에서 인도는 묘한 신비스러운 끌림을 갖게 되는 곳이다. 그것은 인도가 낳은 영적인 스승인 라즈니쉬, 간디, 마하리쉬 등의 지도자들이 끼친 영향이 클 것이다. 물질을 뛰어넘는 정신세계에 대한 갈증은 그들에 대한 동경으로 이어지고, 그들을 따르고자 하는 열망은 발걸음

을 이리로 돌리게 하였으리라.

그래, 그것이야말로 각자의 안에 있는 본성을 찾고자 하는 근원적인 욕구일 것이었다. 그 욕구는 인간으로서 태생적으로 가지고 있는 것이기에, 열악한 환경과 더위를 무릅쓰고라도 이곳으로 모이도록 하는 힘을 지닌 것이리라.

사실 사람들을 움직이는 것은 돈도 명예도 권력도 아니었다. 일차적으로는 그런 것들을 추구할지언정, 고차원 영체인 인간은 사실은 진화에 도움이 되고 영적으로 성장할 수 있다면 불 속에라도 들어갈 만큼 정말 간절한 욕구가 있었다. 그제야 알 수 있었다. 그랬기에 사람들은 갠지스 강의 더러운 물조차도 마실 수 있는 것이었다. 안타깝게도 그곳에서 그들의 갈증이 해결되는 것 같지는 않았지만!

전 세계에 얼마나 많은 사람들이 깨달음을 찾아 움직이는지, 그 엄청난 움직임이 그려지며 내가 할 일이 구체적으로 선명하게 떠올랐다. 하필 이런 곳까지…… 올 필요가 있었다. 오로빌 방문은 나에게는 운명이었다.

돌아오는 비행기에서 내 머릿속엔 이미 제주가 가득 차 있었다. 아름다운 자연이 그대로 보존되어 있는 제주, 오랜 세월 고통과 담금질을 견뎌낸 제주, 무조건적인 나눔과 사랑의 정신이 살아있는 제주. 제주야말로 외롭고 공허하고 상처받은 사람들을 치유할 수 있는 마음의 고향으로 족하지 않은가. 이 곳에서 시작하자. 이곳까지 인도해준 그 힘을 믿으며 계속 나를 이끌어 줄 것을 믿고 돌아왔다.

걸어 온 길, 가야 할 일

이후 나의 삶은 또 한 번의 급물살을 타게 되었다. 왕년 대기업 법무팀에서 가장 바쁠 때보다 더 스펙터클한 하루하루가 시작되었다.

그해 11월, 인생박물관 '선뮤지엄'의 문을 열었다. 인간은 어디서 와서 어디로 가는지, 왜 태어났는지 등을 알려주는 인생을 주제로 한 박물관이었다. 나는 누구인가를 비롯한 '인생에서 중요한 일 8가지'에 대해 체험을 통해 터득할 수 있도록 만든 독특한 콘텐츠였다. 산방산과 단산 사이에 자리한 우주선 모양의 뮤지엄 건물은 얼마 가지 않아 제주도의 명물이 되었다.

곧이어 비영리 사단법인 '제주 선문화진흥원'을 설립하여 본

격적으로 기관과 학교를 상대로 활동하기 시작했다. 그 후 1년 여……. 우리는 교육청에서 인정하는 제주의 대표적인 교육 기부 기관이 되었고, 여러 학교에서 정규수업과 체험학습으로 명상과 생태체험 등 인성 교육을 하게 되었다.

　이듬해인 작년 봄에는 제주를 직접 맨몸으로 만나고 지구 의 아픔을 교감하기 위해 제주를 걸어서 한 바퀴 돌기도 하였 다. 제주는 아직 다른 곳에 비하면 환경오염이 심한 편은 아니 지만, 근래 들어 관광객이 늘어나면서 점점 이 평화로운 섬도 변모해 가는 듯했다. 사람들이 많이 오는 것이 문제가 아니라, 이곳에 와서 자연을 대하는 태도를 짚어보고 싶었다.

인간의 무관심과 이기심으로 고통 받는 지구에 대해 진심으로 미안한 마음으로 한 걸음 한 걸음 걸었다. 걷는 동안 쓰레기를 만들지 않으려고 일회용품이나 비닐 포장된 제품은 일절 구입하지 않았으며, 미리 준비해 간 친환경제품만 사용했다. 채식을 하고 에너지와 물 사용을 최소화했다. 가급적 자연에 폐를 끼치지 않으려는 노력이었다. 응원 차 방문한 지인들이 '제주 노임팩트맨No Impact Man'이라 말해 주었다.

걸으면서 만나는 자연은 오로지 생명의 기쁨과 알아주는 반가움을 온몸으로 표현하여 돌려주었다. 자신은 병들어 온몸이 쑤셔도 자식들이 오면 언제 그랬느냐는 듯 반기는 어머니, 할머니처럼…….

한 달 가까이 제주의 땅과 하늘과 호흡하며 걷는 동안 그 넉넉함과 따뜻함에 푸욱 물들어 갔다. 이 땅에서 숨 쉬는 생명들을 진실로 사랑하게 되었다. 길 위에서 나는 사진작가 김영갑이 되었다가 한 마리 달팽이가 되었다가 돌멩이가 되었다가 이름 모를 꽃이 되었다가 조물주가 되었다가……, 모두가 신비로운 우주 속의 귀한 존재였다.

이후 우리는 제주를 생태공동체로 만드는 일에 몰입해 왔다. 구체적으로는 제주의 전통적인 품앗이 방법인 '수눌음'을

통하여 제주 전역을 '생태문화마을'로 만들고자 하는 것이다. 마침 '환경올림픽'이라 불리는 세계자연보전총회가 올해 9월에 제주에서 열리게 되어 한층 탄력을 받고 있다. 생각과 동시에 움직이는 나의 무모함이 나름 빛을 발하고 있는 걸까?

생태공동체 섬 제주!

이곳에 오면 누구나 천혜의 자연 속에서 몸과 마음을 풀어놓고 편안하게 쉬고 일할 수 있을 것이다. 행복하고 보람 있는 삶을 살 수 있는 희망과 힘을 얻어갈 수 있을 것이다.

나는 꿈을 꾼다. 제주에서 시작된 선한 씨앗이 전 세계로 퍼져 나가는 장관을, 가문 땅에 비가 내리듯 선문화가 세상으로 스며들 때의 환희를……. 그리고 나는 소망한다. 내가 그랬듯이 세상살이가 서툴고 쉽지 않은 영혼들이 이곳에서 촉촉하게 위로받고 자신만의 꽃으로 피어나기를……. 나와 친구들이 그러하였듯이 이곳에서 자연을 만나고 하늘을 만나며 자신을 만날 수 있기를…….

이렇게 아름다운 제주에서 하지 못한다면, 지구 어느 곳에서 할 수 있으랴.

끝으로 나는 한 가지를 말하고 넘어가지 않을 수 없다. 모든 것은 내가 하는 일이 아니었고 나는 인도하는 대로 걸어왔을 뿐이라는 것이다. 내가 이 세상에 태어난 이유가 있고 그렇게 살도록 계속해서 부추기고 이끌어 주는 힘이 있었다. 그것은 때로는 가장 참담한 모습으로 찾아오기도 하고 때로는 가장 유혹적인 모습으로 찾아오기도 한다.

그 많은 인연들과의 공부에 일일이 휘둘리며 남보다 큰 폭으로 방황과 아픔 그리고 절망을 겪었다. 동시에 그러한 고통 속에서 항상 나를 바라보고 잘 겪어 내기를 바라는 사랑의 눈길을 느낄 수 있었다. 모두가 공부의 과정이었음을…….

게다가 나는 아직 길 위에 있다. 아직도 갈 길이 더 많이 남은 길이다. 그러나 이제 난 내가 가야 할 길 위에 정확히 서 있기에, 더 이상은 방황의 길이 아니리라 확신한다. 제주의 올레처럼 돌아서면 이야기가 숨어 있고 길에서 또 길로 이어지며 아기자기한 추억들이 기다리는 길을 상상해 본다.

나의 선악과 공부 역시 아직 끝나지 않았다. 순간순간 남에게 기대고 싶고 누군가의 보살핌과 사랑을 바라는 마음이 올라온다. 돈에 대한 공부 또한 평생 끝나지 않을 숙제일 것이다.

그러나 하늘은 금생에 나에게 이 두 가지 부분을 크게 비워

주신 대신, 사랑하는 아들을 보내주시고 하늘을 향하는 간절한 바람을 선물로 주셨다. 그리고 보다 많은 사람을 향해 사랑을 줄 수 있는 조건을 만들어 주셨다. 하면 할수록 목마르고 외로워지는 사랑이 아닌, 아무런 바람이 없는 사랑, 같이 있을 때는 느끼지 못해도 떠나고 나면, 그것도 한참 지나서야 느껴지는 사랑……, 그런 사랑을 하리라.

　나도 하늘의 사랑을 닮고 하늘의 사랑을 전하리라.

제주 노임팩트맨

(사)제주 선문화진흥원 원장. 제주 생태관광단지협의체 사무국장

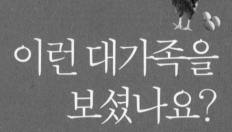

이런 대가족을
보셨나요?

편백향기

나의 아이와 그들의 아이가 구분 없이 한 울타리 내에서
형제로 자란다.

청천벽력 같은 암 선고

　지난 봄, 가벼운 감기로 방문했던 병원에서 의사선생님은
갑자기 나의 목을 유심히 보시더니 감기가 호전되면 꼭 갑상
선 검사를 받아 보라고 하시는 것이었다. 혹시나 하는 마음으
로 일주일 후 다시 병원에 가서 여러 가지 검사를 받았다. 마
취도 하지 않고 한 조직검사는 몹시 힘들었다. 간신히 집에 돌
아와 일주일 동안 혹독하게 몸살을 앓고 나니 병원에서 빨리
방문하라는 전화가 왔다.

　그리고 나는 실감이 나지 않은 채 얼떨결에 갑상선 암 선고

를 받았다.

내 일이 아닌 것 같았다. 나는 참 건강한 사람이었는데……. 그것도 암이라니…….

의사 선생님께서는 요즘 갑상선암은 암도 아니라며 걱정하지 말라고 위로를 해 주셨다. 주위의 모든 분들도 그렇게 말하였고 나도 마음을 편히 하려 애썼다. 수술을 위해 좀 더 큰 병원으로 입원하여 다시 처음부터 검사를 받았다.

그곳의 선생님은 너무 늦게 왔다고 하시며 몸의 다른 곳으로 전이가 되었다고 하셨다. 정신이 없었다. 일이 점점 커지고 있었다. 수술을 위해 입원을 하고 다시 초음파 검사를 하던 중 검사를 하시던 선생님의 얼굴이 굳어졌다. 이번에는 임파선까지 전이가 되었다는 것이었다.

급히 수술이 잡히고, 여러 가지 검사가 빠르게 진행되는 상황 속에서 나는 환자용 얇은 옷을 입고 바들바들 떨며 지친 모습으로 의자에 기대어 앉아 있었다. 나의 몸이지만 병 앞에 나는 아무런 힘이 없었고 대책도 없었다. 하늘을 바라보는 것 밖에는.

나의 의지와 관계없이 병은 나에게 찾아왔고, 수술은 어느

사이에 현실이 되어 있었다.

살아서 돌아갈 수 있을까? 다시 가족들과 함께 희로애락을 누리며 살아갈 수 있을까? 나는 모든 감정을 포기하고 그저 따르며 묵묵히 수술실로 들어갔다. 걱정했던 것과는 달리 수술실은 시원하고 아늑했고 나는 편하게 잠이 들었다. 꿈이었을까. 어딘가에서 생각들이 스멀스멀 자라나고 있었다.

내 삶에서 나는 어디쯤 있는 것일까?
나는 어디에서부터 잘못된 것일까?
수술만으로 끝나는 것일까, 아니면 지금부터 시작일까?
모든 일은 이미 예정된 나의 삶의 일부인 것일까?
어떻게 하면 지금의 일을 발판으로 나를 진화시킬 수 있을까?

꿈속에서 나는 길지 않은 나의 삶이 영화처럼 지나가는 것을 보고 있었다. 내가 아닌 타인을 보듯이.
일본에 살던 어느 추운 겨울날이었다. 집으로 돌아가던 중 전철역 플랫폼에 서서 울고 있는 여자가 있었다. 주위 사람들의 시선을 느낄 겨를도 없이 자신의 모습에 많이 안쓰러움을 느끼며 하염없이 눈물을 흘리고 있었다…….

내 인생은 내 뜻대로

　결혼 전 난 꽤 부지런하고 호기심 많은 아가씨였던 것 같다. 서울의 한 대학본부에서 일하면서도 새벽부터 어학원에서 영어와 일어를 공부하곤 했다. 아침 일찍 버스를 타고 출근해 빈 강의실에 들어가 커피 한 잔을 마시며 하루를 시작하는 것이 참 좋았다. 그 새벽의 상큼한 느낌, 버석거리는 공기의 촉감이 지금도 생생하다.

　그곳에서 한국어를 공부하던 남편을 만나 결혼을 했다. 남편은 일본인이었다. 나는 남편을 따라 일본 치바현에서 살게 되었고, 아들이 태어나면서 서서히 외국 생활에 적응하기 시작했다. 내가 살던 마을은 분위기가 차분히 가라앉은 조용한 곳이었다. 모든 것은 소리 없이 질서 있게 움직이고 있었고 사람들은 친절하고 예의가 발랐다. 일본어를 전공했던 난 얼마 지나지 않아 일본어 능력시험 1급을 따게 되었고 한국어를 가르치는 일을 하면서 나름 일본 사회에 뿌리를 내리는가 하였다.

그럼에도 불구하고 일본인 친구와 일본인 남편으로는 채워지지 않는 외로움이 항상 나의 마음속에 있었다. 내가 느낀 일본인은 친절하고 예의 있지만 한편으론 몹시 개인주의적이었다. 절대 남에게 피해를 주지 않을 사람들, 그것은 나 또한 그들에게 이유 없이 신세를 질 수 없다는 것을 뜻했다. 그래서였을까. 그런 것 같다…….

처음엔 몰랐다. 괜히 마음이 시리고 외로운 것을 산후우울증 탓으로 돌렸으니. 하지만 지금 생각해 보면 한국의 정이 그리웠기 때문이었다. 마을 전체가 커다란 가족이나 다름없는 한국의 경계 없는 문화, 정으로 이루어진 사회를 떠나오니 피부에서부터 차가움이 느껴지는 것이었다. 비록 한국 사회도 요즘은 옛날 같지 않다고 하지만, 적어도 내가 살던 문화는 그렇지 않았었다.

그 외로움은 바위 틈 속의 물처럼 처음에는 별로 티가 나지 않았다. 그러나 시간이 갈수록 물이 얼어붙으면서 서서히 바위가 갈라지는 것처럼, 나의 온몸과 마음을 장악하기 시작했다. 일본에 온 지 1년 반쯤 지났을 때는 뼛속까지 시린 듯한 지독한 외로움에 나의 영혼은 눈에 띄게 피폐해져 있었다. 기억이 생생하다. 유난히 추웠던 어느 겨울 저녁, 전철을 기다리다 문득 한국행을 생각하던 순간이. 그날 구체적으로 무슨 일이 있었는지는 기억나지 않는다. 한참을 울다 서둘러 전차에 올라타며, 한국에 돌아가고 싶다, 가족이 그립다……, 되뇌고 있었다.

그러나 막상 생각을 실행에 옮기는 것은 대부분의 사람들에게 그렇듯이 쉬운 일이 아니다. 바쁜 일상 속으로 들어오면 나의 손길이 필요한 곳들이 많이 있었고 다른 생각을 할 틈은 별로 없었다. 마음속 균열은 그대로 둔 채 다시 몇 년이 지났다.

아들이 일곱 살이 될 무렵, 한국에 있는 동생들로부터 어떤 공동체에 대한 이야기를 들었다. 명상공동체라고 했다. 먼저 시작한 제부의 소개로 집 근처의 명상모임에 나가게 되었다는 동생들은 다른 세계에 사는 것처럼 어쩐지 활기가 차 있었다. 나의 가슴도 왠지 설렜다. 그리고 며칠 후 난 '내 인생은 내 뜻대로'라는 책을 받아 읽게 되었다.

마침 골든위크Golden Week라고 하는 최고의 연휴를 맞아 여행을 갔던 오키나와의 섬에서, 나는 책에 빠져들어 생애 최고의 휴가를 보내게 되었다. 가족과 함께 하는 여행이었지만 오랜만에 푹 쉬면서 원 없이 나에게 집중하는 시간이기도 했다.

책은 '내 인생의 주인은 어느 누구도 아닌 나이다. 어떻게 태어난 소중한 인생인데 어디에도 휘둘리지 말고 내 뜻대로 살아야 한다. 그러려면 심력心力 즉 마음의 힘을 키워야 한다. 심력을 키우는 방법은……' 이런 내용이었다.

이상한 일이었다. 책은 전혀 슬픈 내용이 아니었는데, 나는 몇날며칠을 많이 많이 흐느껴 울었다. 내 영혼의 틈 사이에 얼어붙어 있던 것들이 녹아내리는 것일까. 내 속에서 끝도 없이 무언가가 산사태처럼 쏟아져 나왔다. 그러면서 혼자 중얼거리듯 말했던 것 같다.

"왜 이제야 내게 왔을까?"

마음속 비밀의 방

이후 나의 생활은 바뀌었다. 외적으론 별반 다를 바 없었을 수도 있지만, 발걸음에 자신감이 붙었다고 할까. 비밀의 방이라도 마련한 것처럼 괜히 속이 든든했다. 하루하루가 즐거웠고, 일본 사람들 틈에서도 자신감이 넘치는 스스로의 모습이 대견스러웠다.

틈만 나면 동생들이 다닌다는 명상학교와 그곳에서 만들고 있다는 공동체 마을인 선애빌을 그려보고 있었다. 생태적인 삶, 명상하는 삶 등 여러 요인이 두루 구미를 당겼지만 내가 가장 솔깃했던 것은 '선인류'라는 개념이었다.

오로빌에 사는 사람을 오로빌리언이라고 하듯이 선애빌에 사는 사람을 선인류라고 하는데, 선인류는 우선 '가족의 개념'이 남다르다는 점이 눈에 들어왔다. 그곳에서 나온 자료에 의하면 선인류의 가족은 혈연에서 좀 더 발전하여, 이웃과 동식물, 대자연, 그리고 하늘과 우주까지 포함한 개념이었다. 머리로는 잘 이해가 안 되었지만 가슴으로는 단박에 무슨 말인지 이해가 되었다. 나는 앞뒤 생각할 것도 없이 무조건 거기로 가서 살고 싶었다. 빙하가 녹아내리듯 철철 흐르는 내 가슴이 그

렇게 말하고 있었다.

마음속으로는 이미 내가 한국에 가고 거기에 사는 것은 기정사실이었다. 그러다가 큰 결심을 하였다. 남편에게 나의 뜻을 설득시키고 한국으로 건너와 생태공동체를 일구는 일에 참여하기로 한 것이다.

아이도 아직 어리고 여러 가지로 쉽지는 않은 일이었다. 그러나 한 번뿐인 내 인생인데 더 늦기 전에 하고 싶은 일을 하고 싶었다. 뜻을 세우니 어려울 것만 같던 남편을 설득하는 일이 잘 해결되었고 아들만 데리고 일단 한국으로 올 수 있었다.

그만큼 나는 무언가에 너무나 간절했고 한국이, 진정한 가족이 그리웠다.

작년 초 나는 전남 고흥에 있는 생태문화공동체 선애빌로 입주하였다. 나와 형제들과 엄마까지, 우리 가족 모두 함께였다. 어떻게 그것이 가능했을까? 모르는 사람들은 신기해하며 묻곤 했다. 어릴 적 친했던 형제라도 장성해서는 가까운 이웃보다 못하게 살아가는 것이 대부분이니까.

나는 4남매의 장녀이다. 우리 형제들은 어릴 때부터 남매라기보다 좋은 동료였고 말이 통하는 친구였다. 우리는 주어진 대로의 천편일률적인 삶이 아니라 좀 다르게 정말 인간답게 사는 방법이 있을 것 같았고, 그것에 대해 자주 얘기하고 끊임없이 삶 속에서 추구했다. 그랬기에, 선애빌 건립에 대해 알게 되었을 때 누구의 반대도 없이 바로 의기투합할 수 있었다. 그러나 한편으론 많은 사람들과 함께 살 일이 걱정되기도 했다. 공동체…… 과연 우리 집이 될 수 있을까?

그런데 오자마자, 강편치! 청천벽력 같은 암 선고가 기다리고 있었던 것이다.

짠! 선애빌 생활

새로운 환경에 적응하기도 전에 닥친 갑작스런 병의 발발과 이어지는 수술은 육체적으로는 난생 처음 겪는 힘든 과정이었지만, 정신적으로는 새살이 돋듯이 다시 일어설 수 있는 힘을 얻고 세상과 사람에 대한 믿음을 회복하는 귀한 기회였다.

수술을 하는 동안 공동체의 모든 회원들이 나를 위해 기운을 보내고 108배 절 수련을 하였다는 놀라운 소식을 전해 들었다. 다들 마을에 입주한 지 얼마 안 되기에 본인들도 여유가 없을 텐데 개인적으로 봉투를 건네주시기도 하고 모금을 해서 보내주시기도 했다.

그 마음의 힘일까. 4시간이 넘는 수술을 하였다고 하는데 몸도 마음도 너무나 가뿐했다. 수술 전 담당 의사선생님께서 목소리가 며칠간 안 나올 수도 있고 평생 허스키하게 변할 수도 있다고 하셨지만 하루도 안 되어서 하나도 변하지 않은 원래의 목소리가 나왔고 몸의 어디에도 이상은 없었다.

우리 마을뿐 아니라 다른 지역에 있는 선애빌 사람들까지 나를 위해 모금을 하고 기원을 하고 있다는 말에 눈물이 쏟아졌다. 전화와 문자, 방문객이 연일 이어졌다. 만약 내가 일본에서 이런 일을 맞이했다면 얼마나 놀라고 외로웠을까 하는 생각이 들며 병원에서의 날들이 오히려 포근하고 따뜻하였다. 오랜만에 느껴보는 살가운 관심과 사랑, 그리고 보이지 않는

분들의 사랑까지…….

정, 사랑이었다. 아무 조건 없이 나에게 사랑을 보내주고 있었다. 병에 걸리지 않았더라면 그 사랑을 느끼지 못하고 여전히 외로워하며 지내고 있을지도 몰랐다. 모든 일은 우연이 없다는데 질병조차 혹시 하늘의 축복이 아니었을까 싶을 정도로, 몸이 회복되는 것만큼이나 나의 마음도 탄력을 찾아가고 있었다.

퇴원을 하고 본격적으로 시작한 선애빌 생활은 경이로움 그 자체였다. 내가 꿈꾸던 삶이 이곳에 생생하게 구현되고 있었다.

같이 일하고 같이 먹고 마시며 같이 숨 쉬는 곳! 나와 우리 형제들이 생각하던 생태공동체 마을이 바로 이곳이었다. 아침이면 새들의 노랫소리와 골짜기 사이사이마다 피어오르는 안개가 하루를 설렘으로 시작하게 하고 저녁이면 하늘에서 톡톡 떨어질 것 같이 촘촘한 별들이 감사로 마무리하게 하는…….

옆집에 누가 사는지도 모르는 도시의 삶과 달리 문만 열고 나가면 어디에서나 반가운 이웃의 얼굴을 볼 수 있었다. 내가 즐겁게 참여할 수 있는 일들이 얼마든지 있었고 마을의 중요한 문제에는 구성원 모두의 의견이 수렴되었다. 혼자서 할 수 없는 일은 방을 붙여 지원자를 모아 본다. 어렵게 여겨지는 일도 함께하면 척척 진행이 되었다. 모든 것은 자율적으로 운영되므로 일은 의무가 아니라 즐거움이었다.

즐거운 생기를 공급하는 곳이라는 이름의 '낙생樂生' 즉 공동 주방에서는 주민들이 돌아가면서 자연의 생기를 그대로 담은 유기농 식단을 마련했고, 소박한 반찬이지만 같이 먹는 음식은 어느 것이나 맛이 있었다.

음식을 먹기 전에는 이 음식이 우리에게 오기까지 수고하신 모든 분들에게 감사의 마음을 전하며 수저를 든다. 비단 농부나 음식을 만든 사람에게만이 아니라, 이 음식을 제공해 준 자연에 대한 감사이다. 인간의 생명 유지에 꼭 필요한 햇빛, 물, 공기, 땅 등이야말로 대가없이 베푸는 대자연의 축복이 아닐런가. 음식의 소중함을 이제야 알아간다.

새벽과 저녁이면 명상을 하고, 틈나는 대로 주위를 걸으며 만나는 자연에 인사를 전한다. 하늘에 땅에 동식물에 관심을 가지고 인사를 하다보면, 나 자신 또한 이들과 같은 자연의 산물이며 우주의 일부로서 존재하는 구성원임을 인식하게 된다.

그런 우주의 일부이자 하나밖에 없는 소중한 나를 소홀히 다루어 병에 이르게 한 것에 많이 미안해진다. 명상을 하면서 나의 몸에게 그동안 아껴주지 못해 미안하다고 말해 준다. 그런데 어쩐지 나의 몸은 내 것이 아니며 금생에 소중히 사용하고 어딘가에 돌려드려야 할 것 같은 생각이 든다. 이거 내 생각 맞아? 문득 일본에 있는 남편에게 자랑하고 싶어진다. 선애빌은 나에게 집이자 학교이다. 매일매일 작은 배움 속에서 나의 영혼이 자라난다.

이런 대가족을 보셨나요?

내 아들 신이는 나보다 더 공동체에 잘 적응하는 것 같다. 외아들로 크는 데 대한 걱정은 할 필요가 없다. 공동체의 모든 아이들이 나이를 막론하고 친구가 되고 형제가 되며 모든 어른들이 부모이자 선생님이기 때문. 이제 만들어지기 시작한 공동체의 학교는 선애빌의 또 다른 자랑거리가 될 것 같다.

앞으로의 가족은 혈연에 의해서만 만들어지는 것이 아니라, 뜻을 같이하는 사람들의 모임이 될 거라고 생각한다. 여기 피 한 방울 섞이지 않은 사람들이 모여서 서로 사랑하고 아껴주는 가족을 만들었다. 아직은 시도에 불과하지만, 공동체야말로 현 인류의 특징인 가족 이기주의를 극복하고 인간소외를 넘어서 인류의 행복을 가져올 수 있는 놀라운 방법이 아닐까 한다.

이제 알겠다. 일본에서 그토록 외로웠던 것은 이처럼 관심사가 비슷하고 말이 통하는 가족이 없었기 때문이었다. 남편과 시댁 식구들이 있었지만, 단지 의식주를 같이 하는 가족이 아니라 가치를 공유하는 영혼의 가족 말이다.

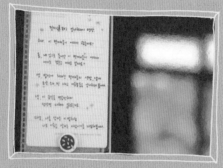

같이 일하고 같이 먹고
마시며 같이 숨 쉬는 곳!
내가 꿈꾸던 삶이 이곳에
생생하게 구현되고 있었다.

자, 그런데 이곳에 나와 같은 생각을 하고 말이 통하는 수백 명의 가족이 있다. 전 세계 선애빌 공동체의 '주민'들이다.

나에게 무슨 일이 생기면 한마음으로 성원해 주고 걱정해주는 엄청난 '빽'이다. 내가 아플 때 자기 일처럼 걱정하고 기꺼이 돈을 내 주고, 나의 꿈을 위해 같이 고민하고 힘을 보태 준다. 나의 아이와 그들의 아이가 구분 없이 한 울타리 내에서 형제로 자란다. 이대로라면 지구상에서 우리가 공유하지 못할 것은 없는 것 같다. 나는 진심으로 그들과 미래를 공유하고 싶다.

우리 공동체 대가족의 가훈이 있다면 '맑게 밝게 따뜻하게'이다.

그리고 우리 공동체의 행동지침을 소개한다.

하나, 자신은 귀한 존재이며 우주의 일부로서 존재하는 사람임을 인식한다.

둘, 자연에 폐를 끼치지 않는다.

셋, 타인은 나만큼 소중하다.

넷, 인간과 우주의 창조목적은 진화이며 지구는 학교임을 인식한다.

참 좋지 아니한가. 자신과 자연, 타인과 우주까지…… 살뜰하게 살피고 있다. 나는 그런 우리 가족이 너무 자랑스러워서 점점 더 많은 사람들과 나누고 싶다. 슬픈 일도 기쁜 일도 화가 나는 일도 행복한 일도 나는 나의 가족과 함께 하고 싶다.

나에게 공동체 생활은 아직 시작 단계이다. 지금까지의 삶이 희로애락을 모두 담고 있었듯이 앞으로도 좋고 나쁜 여러 가지 일이 생길 것이다. 그러나 나는 내가 원하던 삶을 살고 있음을 믿는다. 간절히 바라면 우주가 도와준다고 했던가. 한국에서 일본을 거쳐 한반도 남쪽 끝인 고흥에 이른 나. 어떻게 여기까지 찾아올 수 있었을까.

미로에서 헤맬 때마다 조금 앞에서 흔들어 주는 깃발이 있었다. 그것을 따라 나, 여기까지 왔다. 조그만 깃발을 이제 내가 들고 세상을 향해 몸짓을 보내고 싶다. 건강해진 나를, 온 세상이 더욱 건강하고 행복해지는 일에 발휘하고 싶다. 나를 통해 몇 사람이라도 인생의 의미를 알게 되고 '내 인생을 내 뜻대로' 사는 법을 발견하기를 바란다.

그래서 요즘 난 바쁘다. 몸이 회복이 되어서 그런지 근질근질하다. 하고 싶은 일이 매일매일 떠오른다. 지금 생각하는 것은 작은 여행사를 꾸리는 것이다. 여행사 경력과 일본어 능력을 활용해서 내가 발견한 행복을 알리고 나누고 싶다. 고흥의 아름다운 자연과 함께 명상과 생태마을 체험을 어떻게 하면 잘 연결할 것인지 궁리가 솟는다. 방문하시는 분들에게 유기농 재료로 직접 만든 떡과 음료를 대접하는 나의 밝은 모습을 그려 본다.

거울을 보며 자신에게 격려한다. 안녕! 여기까지 오느라 수고가 많았구나. 앞으로도 잘 부탁해! 그리고 사랑해!!

편백향기
일본어 강사. 생태체험캠프 운영

사랑의 섬으로
오세요

곰딱한 알작지

나는 믿는다. 사람들의 마음 안에는 조건 없는 사랑을
지향하는 '본성'이 살아 숨 쉰다는 것을.

　나는 제주에서 나고 자랐다. 나의 부모님도 조부모님도 모두 제주인이다. 가난하고 없던 시절 조냥('절약'을 의미하는 제주어)정신을 실천하며 소박하게 살았던 제주인들의 삶이 나의 DNA에 그대로 녹아 있다. 제주인들이 오랜 시절 받았던 상처들이 내 안에 그대로 녹아 있으며 그들이 세상을 품어낼 사랑 또한 내 안에 온전히 담고 있다.

　나도 모르게 난 제주섬과 너무나 닮아 있나 보다. 꽃으로 치면 올레길 어느 돌담 아래 작게 피어난, 언제 한 번 화려하게 드날린 적 없지만 매년 어김없이 피어올라 땅을 물들이고 사람들을 불러 모으는 꽃이다. 그렇게 아름답게 나누는 삶을 살다가 종내 하늘 닮은 맑은 꽃이 되어 돌아가고 싶다. 그때까지 제주의 거친 바람에도 꿋꿋이 피어나 마침내 성숙한 꽃을 이루고 번성하리라…….

그러나 나는 원래 하늘의 꽃임을 알고 있다.

설문대할망을 만나다

제주에 살면서도 그러한 것들을 깨달은 것은 그리 오래되지 않는다.

작년 봄, 우리는 섬을 한 바퀴 걸어서 돌았다. 무언가 돌파구를 찾아야 했다. 제주에서 생태공동체 마을을 꾸려 보겠다는 뜻은 깃발처럼 들었으나 막상 실행에 옮기는 것은 쉽지 않았다. 그러면서도 한 명 두 명 우리의 뜻에 공감하여 제주로 오는 사람들은 늘어나고 있었다.

그러나 뜻만 좋다고 다 되는 건 아니어서 제주 사람들은 마음을 굳게 잠그고 열어주지 않았으며, 도청의 담당자는 우리에게 투명인간놀이를 하게 했다. 도 공모전에 제출한 기획서는 참 다양한 이유로 낙방했다. 여행상품을 기획했지만 국내 굴지의 여행사 대표는 돈이 될 것 같지 않다며 거들떠보지도 않았다.

누군가의 제의로 제주 땅을 온전히 걸어보기로 했다. 그러나 올레길 걷기로 가볍게 생각했던 제주 한 바퀴 도보여정은 생각처럼 낭만적이고 쉬운 것만은 아니었다. 비와 바람이 번갈아 닥치는 변덕스런 날씨에 길은 끝도 없이 이어져 있었다. 그 길 위에서 우연인지 필연인지 설문대할망제에 들르게 되었다. 한반도 남쪽 바다 가운데의 섬, 제주에는 설문대할망과 그 아들인 오백 장군의 이야기가 구전으로 전해져 남아 있다.

까마득한 옛날, 서로 도우며 평화롭게 살아가는 세상을 꿈꾸던 여신이 섬 하나를 창조하기 시작했다. 여신은 몸소 바위들을 옮겨 섬의 기초를 차곡차곡 쌓고, 치마에 흙을 퍼 담아 부지런히 나르기 시작했다. 열심히 일하다 보니 하늘에서 입고 내려온 날개옷은 낡아 구멍이 나게 되었고, 흙을 나르다가 치마 구멍에서 흙이 새어 수많은 오름이 만들어졌다.

어느덧 섬의 중심에 높다랗게 한라산이 올라왔는데 그만 뾰족한 산봉우리를 톡 건드리는 바람에 옴폭 파인 곳이 백록

담이 되었고, 꼭대기의 떨어져 나간 부분이 멀리 날아가 산방산이 되었다.

고단함도 잊고 섬의 구석구석을 사랑으로 살피느라 여념이 없으시던 설문대할망. 인간들은 육지와 연결하는 다리를 놓아달라고 성화였지만, "너희들이 사는 땅이 이토록 깨끗하고 아름다운 건 바다 가운데 있기에 그런 것이란다. 바다는 너희의 수호신이다."라고 하셨다. 그럼에도 불구하고 인간들은 고마워하기는커녕, 다리를 놓아주지 않는다고 원망을 했다. 설문대할망은 묵묵히 모든 비난을 받아내느라 온몸이 아픔으로 가득했다.

몹시 심한 기근이 든 어느 해, 엄청나게 큰 솥에 죽을 끓이던 설문대할망은 그만 솥에 몸이 빠지고 말았다. 아들 오백장군은 나중에 그 사실을 알고 통곡하며 울부짖다 돌이 되어굳어버리고 말았는데 영실기암의 바위들이 그것이다.

설문대할망제는 제주의 창조주이자 사랑의 여신인 설문대할망의 뜻을 기리고 제주의 정체성을 함양하고자 하는 행사였다. 우연히 들어가게 된 자리였는데, 제단에 초가 밝혀지고 동백꽃과 청보리 씨앗이 올려지고 마침내 제관의 '연유 닦음(제관이 고유문을 낭독함)'의 순서에 이르러 문득 벅차고 놀라운 가슴을 진정키 어려웠다. 고유문의 내용은 이러했다.

"오늘 여기, 저희 제주의 후손들이 모여 다음과 같이 아뢰는 까닭은, 설문대할망의 거룩한 뜻을 기리고 이를 우리가 받들어 행하고 널리 펴고자 함입니다.

저희는 이렇게 들었습니다.

(중략 – 설화 내용)

과연 설문대할망께서는
한 발로는 한라산을 딛고 다른 한 발로는 산방산을 딛고 서서 바닷물에 빨래를 할 만큼 크셨다고 합니다.

몸은 마음을 담는 그릇입니다.
당신의 크나큰 사랑을 담기 위해
당신의 몸은 그렇게 커져야 했을 것입니다.

당신은 굶는 사람들을 먹이려고 쑤던 죽 솥에 빠져 죽었습니다.

　오백 아들들은 슬픔에 못 이겨 결국 제주를 지키는 바위가
되었습니다.

　한라산보다 더 큰 사랑이 죽처럼 펄펄 끓는 이야기입니다.
　어머니를 향한 사랑이 만고의 돌탑으로 세워진 이야기입
니다.

　그것은 오늘을 사는 저희 모두에게
　잃어버린 순수함을 가슴 저린 회상으로 불러내는
　초혼招魂의 노래인 것입니다.

오늘 저희는 이 슬프고 아름다운 이야기에 이끌려
이 자리에 모였습니다.
그리고 귀를 기울여 아득한 곳에서
통곡인 듯 노래인 듯 들려오는 저 소리를 듣습니다.

아들들아, 사랑한다.
어머니, 사랑합니다.
이 영원한 사랑의 가락에 홀려
저희 모두는 이렇게 손에 손을 잡고
서로의 체온을 나누며
다 같이 화음 속으로 빠져듭니다.
그리고 모두가 목을 놓아 따라 외칩니다.

우리는 우리를 사랑합니다.
우리는 제주도를 사랑합니다.
우리는 대한민국을 사랑합니다.
우리는 해와 달, 하늘과 땅, 사람, 나무와 꽃,
들짐승과 벌레들, 비와 바람, 눈보라까지도
세상의 모든 것을 사랑합니다.

그리고 우리의 가슴 속에 이와 같은 사랑을 일깨워 주신 설문대할망, 당신을 사랑합니다."

사랑이었다.

제주는 사랑이었다. 어머니의 사랑으로 만들어져 사랑으로 자라온 섬이었다.

번개로 하늘이 갈라지듯 깨달음이 들이닥쳤다. 왜 제주인가, 왜 나의 삶인가, 정리되지 못했던 부분이 명확하게 설문대할망이라는 실체를 가지고 다가왔다.

사랑입니다.

사랑합니다.

사랑을 전하겠습니다…….

나는 빗속에 몸을 떨며 어딘가를 향해 '사랑의 서약'을 하고 있었다. 마치 동이족의 선조들이 하늘에 천제를 모셨듯이 제주인들은 하늘에 축문을 지어 제를 올리고 있었고, 나는 나만의 축문을 온몸으로 지어 올리고 있었다.

제주는 더 이상 답답한 섬나라가 아니었다. 어머니의 섬, 사랑과 창조의 섬, 평화와 치유의 섬으로서의 제주가 너무나 또

렷한 모습으로 내 앞에 모습을 드러냈다. 제주에 태어났다는 것에 그렇게 감사함을 느낀 것은 처음이었다.

그리고 그 길의 끝에서 제주 여신의 선물처럼 '수눌음('조건 없는 나눔'을 의미하는 제주어)'이라는 단어가 떠올랐다.

고통의 역사를 딛고

내 고향 제주는 그 아름다운 풍광과 달리 아픔으로 얼룩진 역사를 가지고 있다. 몽고의 침입과 100년간의 점령, 왜구의 끊임없는 노략질, 탐관오리의 수탈 등 갖가지 방법으로 이용 당하고 시달려 왔다. 한때는 죄인들을 가두는 감옥이기도 했고, 외세에 대항하는 마지막 보루이기도 했다. 육지에서 떨어져 있기에 항상 소외되어 있었고 이방인이었다. 특히 인구의 10분의 일이 도륙 당한 4.3사건은 제주인의 가슴에 피눈물 나는 한을 남겼다.

이러한 역사는 제주인에게 깊은 불신을 심어 주었던 것 같다. 과거의 제주를 생각하면 마치 어린 시절의 상처로 가슴을 펴지 못하고 사는 사람처럼, 주춤거리고 눈치 보면서 조심히 사는 모습이 떠오른다. 사람들의 상처는 너무나 깊었고, 안으로 걸어 잠긴 문은 열릴 줄을 몰랐다. 제주는 오래도록 침체되고 고립된 섬으로 남아 있었던 것 같다.

어린 시절 제주는 나에게 감옥 같았다. 항상 어디론가 떠나고 싶었고, 섬이 아닌 더 멋지고 화려한 곳으로 나가고 싶어 병이 날 지경이었다. 세계 7대 자연경관 선정에 빛나는 아름다운 바다도 그때는 답답하기만 했다.

그런데 제주를 걸으면서 마주친 설문대할망 여신님은 나를 미망에서 깨어나게 해주었다. 가장 아름다운 가능성을 내포한 제주를 보여 주었다. 제주의 힘을 보여 주었다. 그것은 다름 아닌 '사랑'이었다.

제주에는 설문대할망의 사랑이 아직도 펄펄 살아 숨 쉬고 있었다. 그녀가 크나큰 사랑으로 제주라는 섬을 만들고 돌보았듯이, 제주에는 '수눌음'이라는 전통이 내려오고 있었다.

수눌음, 조건이나 대가 없이 그저 베푸는 나눔. 가장 온전한 형태의 사랑이 제주 사람들의 세포 하나하나에 깊이 각인되어 있었다. 제주는 이미, 더도 덜도 없이 수눌음 자체로 하늘의 사랑을 지상에서 구현해 오고 있었음을……

이제는 돌아와 거울 앞에 선

제주를 바라본다.

어쩐지 상처를 가슴으로 녹여내고 온화한 표정이 된 중년의 여성이 떠오른다. '머언 먼 젊음의 뒤안길에서 돌아와 거울 앞에 선 내 누님 같은', 겉모습만 아름다운 것이 아니라 그 모든 것을 겪어 승화해 낸 성숙한 아름다움을 가진…….

어쩌면 제주에는 특별한 소명이 있는 것이 아닐까. 세상 모든 이들의 상처를 보듬어 주고 한 서린 가슴을 녹여 주어야 하는……. 가장 힘들 때 세상을 치유하기 위해 제주는 그렇게 오랫동안 서리와 비바람을 겪어야 했던 것이 아닐까. 상처가 없는 사람은 다른 사람의 상처를 이해하기 어려울 것이기에.

수난의 역사를 통해 제주는 세상의 상처 입고 마음 둘 곳 없는 자식들을 품어주는 어머니가 되었다. 아니, 원래 제주는 그 안에 지구를 온통 덮을 수도 있을 정도로 넉넉한 사랑을 가지고 있었는지 모른다. 태초로부터 심어진 씨앗, 오랫동안 억눌려 깊이 감춰져 있지만 본래 가지고 있는 귀한 면을 찾아 피어 올릴 수만 있다면……, 모성의 섬, 구원의 섬, 치유의 섬으로 제주는 예정된 역할을 할 수 있으리라. 아, 너무 좋을 것 같다……. 어떻게 시작할 수 있을까.

수천 년 동안이나 전해 내려오며 무의식 속에 깊이 박힌 한 서린 마음들을 어떻게 풀어야 할까. 어떻게 하면 웅크리고 있던 마음을 일으켜 빛을 쪼여 줄 수 있을까, 안에서부터 담을 허물고 나올 수 있을까.

뼛속 깊이 제주의 영혼을 지닌 나부터, 내 안에 깊이 박혀 있을지도 모를 부정적인 의식을 바꾸어 보자. 나부터 맺힌 마음을 풀고 따뜻해지고 밝아지자. 안에서부터 문을 열어, 자연스럽게 내 안의 사랑이 배어 나오게 하자. 그것을 보고 저절로 다른 사람들도 사랑을 느끼고 치유되는 느낌을 받을 수 있도록……

지구상에는 제주보다 훨씬 복잡한 상처가 있는 곳들이 많이 있을 것이다. 지구의 오랜 역사를 따라 피고 지는 문명 속에서 핍박받고 상처 입은 사람이 한둘이겠는가. 국가와 인종과 종교…… 간에 실타래처럼 엉켜 풀기가 쉽지 않은 분쟁이 지금도 곳곳에서 벌어지고 있다. 지구는 어쩌면 그 많은 사람들의 마음의 무게로 더욱 힘겨울지도 모르겠다.

그런 의미에서 지구 전체에서 한반도가 가지는 위치는 어쩌면 우리나라에서 제주가 가지는 의미와 같을 수도 있다는 생

각이 들었다. 제주만이 할 수 있는 역할이 있듯이 또한 우리나라만이 할 수 있는 특별한 역할이 있음에 틀림없다.

그럴 수 없이 숱한 외침과 고난을 겪으며 고통을 감내해 오면서도 반만 년이 넘게 정체성을 잃지 않고 면면히 이어져 온 것은 내재된 힘이 있기 때문일 것이다. 그 많은 침략을 당하면서도 한 번도 먼저 타(他)를 범하지 않았던 한민족의 피에는 평화를 사랑하는 성숙한 여인네의 사랑이 들어있다. 그것은 비겁함이나 용기 없음이 아니라 사랑이었다. 우리에겐 그 엄청난 힘이 내재되어 있다.

사랑, 모든 것을 용해시켜 고차원의 에너지로 만들어 내는 힘. 그것이 절실히 필요한 시대가 다가오고 있음을 느낀다. 사랑은 인간성의 상실과 환경파괴로 위기에 처한 현대를 살아갈 지혜와 힘이다. 그동안의 고통을 평화의 기운으로 승화할 수 있다면, 감히 세상을 구원할 꿈을 꾸어볼 수 있지 않을까. 그 실 끝을 당기는 것이 제주가 될 수 있기를 늘 바란다.

백두가 아버지라면 한라는 어머니. 따스한 햇살이 만물을 성장시키듯, 품어주고 길러주며 살찌우는 한라의 기운이 온전히 풀어져 나가 세상을 덮는 상상을 한다. 어느 시대 어느 문명보다 강력한 사랑으로 세계인들이 견인되어 제주를 방문하는 상상을 한다. 사람마다 본래 가지고 난 귀함을 발견하고 깨어나는 상상을 한다. 세상이 한층 맑고 밝고 따뜻해지고 지구별이 빛으로 퍼져 나가는 상상을 한다.

액션! 제주

제주가 먼저 치유될 수 있는 방법으로 '아트메디'를 열었다. 아트메디는 아트 즉 예술의 여러 방법을 이용해서 마음을 치유하는 일종의 명상법이다. 글, 그림, 춤, 말하기 등 인간의 모든 예술 활동은 아트메디의 도구가 된다. 사계리의 선뮤지엄에서, 체험학습으로 연결된 학교에서, 초대받는 도내 행사에서 우리는 참 많이도 아트메디 프로그램을 진행하였다.

하이라이트는 4.3 유족회에서 치유명상을 진행했던 일이다. 참으로 뜻 깊은 일이었다. 제주에서 4.3 유족회란 가장 상처받은 민심을 상징하지 않던가. 그들의 마음이 풀린다면 곧 제주 전체가 치유될 수 있다는 희망에 다름 아니었다. 마음을 담아 명상법을 만들어 보았다.

하늘에서 빛이 내려와 내 가슴을 따스하게 비추고 있습니다.
나의 가슴을 들여다봅니다.

갈기갈기 찢긴 가슴이 보입니다.
찢어진 상처마다 깃든 아픈 기억이 떠오릅니다.
나를 아프게 했던 일들,
내가 아프게 했던 일들,

따스한 빛이 상처를 녹여 나갑니다.
맑고 밝고 따뜻한 본래의 내가 보입니다.

이제 나의 가슴은 맑고 밝고 따뜻하던 본래의 모습으로 돌아옵니다.
눈부신 빛이 계속해서 비추어 나의 몸이 빛으로 차 오릅니다.

나를 사랑합니다.
이 세상 모든 존재를 사랑합니다.

이것은 아트메디의 특별한 형태라고 할 수 있었다. 아트메디도 현장을 밟으며 사람들을 만나며 진화하고 있다. 그러면서 우리들이 먼저 치유되는 느낌을 받는다.

사람들을 치유하는 일만이 우리가 하고자 하는 일은 아니다. 인간으로 인해 상처 입은 자연을 알아주고 공존하기 위한 노력도 제주를 치유하는 일의 중요한 부분이다.

요즘 전 세계적으로 자연재해가 빈발하고 있다. 지진이나 화산, 지구온난화 등이 유례를 찾아볼 수 없을 정도로 격화되고 있다. 이 모든 것들이 바로 병을 앓고 있는 지구의 자가치유 활동이다. 우리가 감기에 걸렸을 때 열이 나고 기침을 하듯이 지구의 이상 활동은 지구가 아프다는 표현이고 이겨내기 위한 면역반응이라고 할 수 있다.

이 같은 상황에서 올 가을에 제주에서 열리는 세계자연보존총회는 매우 중요하다고 생각한다. '세계 환경 올림픽'이라고도 불리는 이 회의에서, 모쪼록 중병에 걸린 지구를 구할 실질적인 대안이 나왔으면 하는 바람이다.

그것은 바로 생태공동체가 아닐까? 자연 속에 소박한 집을 지어 살며, 텃밭을 가꾸어 먹을거리를 해결하고, 빗물을 받아서 마시거나 농사를 짓고, 자연친화적인 에너지를 사용하는 곳. 그곳에 오는 사람은 잊었던 인간 원형의 삶을 체험할 것이고 미래의 답이 도시가 아니라 자연에 있다는 것을 알게 될

것이다. 생태공동체는 지구를 위한 효과적인 '치유명상법'이 될 것이다.

그것을 제주에서부터 시작할 수 있다면, 제주가 세계 환경 수도가 되겠다는 포부도 허황된 것이 아니리라. 그리고 우리에겐 설문대할망이 전해주신 기막힌 방법이 있지 않은가? 바로 수눌음!

제주에서 만나야 할 것은 자신

사람들이 여행을 하는 목적은 아름다운 경치를 감상하거나 그곳의 문물을 즐기기 위해서일 것이다. 이제는 조금 진화하여 '돕기 위해' 여행을 한다면 어떤 여행이 될까? 그러면서도 나도 즐겁고 기뻐야 하는 것은 물론이다.

내가 그곳을 이용하고 이득을 얻기 위해서가 아닌, 무언가 도움이 되기 위해 움직이는 여행. 그것이 '수눌음 여행'이다. 그런 여행을 준비하고 있다. 수눌음을 통해 제주 곳곳에 생태마을을 만들고자 하는 새로운 개념의 체험여행이다.

그 계획은 이러하다. 제주 여행을 원하는 사람은 누구든지 자신이 원하는 마을을 선택할 수 있다. 그곳에 오면 유기농 텃밭에서 땀을 흘릴 수 있으며 친환경 자재로 생태화장실이나 소박한 집을 짓는 일에 참여할 수도 있다. 올레길을 걸으며 걷기명상을 할 수도 있으며, 야생초를 채취하며 식물과의 교감을 할 수도 있다. 즉석 무대를 만들어 작은 음악회나 전시회를 열 수도 있다.

모든 것은 자율적으로 원하는 만큼 원하는 곳에서 이루어진다. 그렇게 조건 없이 주고받는 가운데 자연히 마음의 벽이 허물어지고 사랑이 샘솟는 것을 느낄 수 있을 것이다. 모든 일정이 진행되는 동안 일회용 제품은 구경도 할 수 없으며 자연에 폐를 끼치지 않고 신성한 노동으로 여행지에 도움이 되는 진정한 의미의 에코여행이 될 것이다.

수눌음은 노동이지만 놀이이기도 하다. 힘든 일도 여럿이 손을 합하면 쉽고 재미있게 할 수 있다. 돈과 물질이 아닌 노동력으로 서로 도와주는 수눌음에는 나와 남이 다르지 않던 인간 원형의 정신이 담겨있다. 나는 믿는다. 사람들의 마음 안에는 조건 없는 사랑을 지향하는 '본성'이 살아 숨 쉰다는 것을.

하지만 지금 사람들의 본성은 경쟁의 논리, 수많은 아픔과 갈등으로 얼룩진 두꺼운 벽에 가려져 있다. 그런 사람들에게

왜 태어났으며 어떻게 살아가야 하는지를 알게 하고 본성의
빛을 만나기 위한 구체적인 실천의 장을 만들어 주면 좋겠다.
사람들은 수눌음을 통해 그것을 깨달을 수 있을 것이다.

결국 사람들이 제주에 와서 만나는 것은 바로 자기 자신이
될 것이다. 자연과 조화를 이룬 아름다운 자신의 모습…….

제주가 그토록 아름다운 것은 그런 이유가 아닐까. 경외로
울 정도로 거대하고 아름다운 자연 앞에서 인간은 한없이 작
은 자신을 느끼며 인간과 자연이 공존해야 함을 알게 될 것이
다. 본래 인간은 자연과 하나였음을 깨닫고 자연으로 돌아가
고자 하는 마음을 갖게 될 것이다. 그 마음은 바로 자신을 만
나고자 하는 마음과 일맥상통한다. 제주의 빼어난 자연 속에
서 많은 사람들이 자신을 만나는 꿈을 꾸었으면 한다.

물질을 가지고 즐기는 데에만 익숙한 현대인들에게 물질이
아닌 정신의 만족, 무형의 것을 나누는 데서 오는 충만함을
느끼기에 제주만큼 적당한 장소가 또 있을까?

설문대할망이 흙산을 나르듯 제주의 작은 일거리에 한손 보
태며 자신이 더 행복해지는 경험을 할 수 있을 거라 기대한다.
나누면 나누는 만큼 잃는 것이 아니라 그만큼 채워지는 느

낌……. 우리의 선조들은 모두 그러한 충만감과 행복감 속에 물질적으로 풍요롭지 않아도 행복한 삶을 살 수 있었다. 그런데 물질이 풍부해지고 내 것 네 것이 명확하게 선을 긋게 되면서 어쩌면 우리는 각자 가난한 사람들이 모인 불행한 사회로 되어버린 것은 아닌지.

한 명 한 명은 가진 것이 많지 않아도 합하면 모두가 부자인 행복한 공동체, 행복한 섬, 행복한 지구별을 꿈꾸고 있다. 태초의 어머니 자궁을 그리워하듯 많은 사람들이 자연과 더불어 숨 쉬고, 잊었던 자신을 만나기 위해 제주를 찾아오는 날을 고대한다.

아직 시작 단계에 불과하지만 우리에게 수눌음이란 힌트를 주신 설문대할망 '빽'에 힘입어 신나락 만나락('신이 나서 서로 만난다, 신명난다'는 뜻의 제주어)허게 추진허여 보쿠다~~~~~

곱딱한 알작지*
전통악기연주가, 여행사 대표

★ 곱딱한=곱다. 알작지=알처럼 생긴 자갈 : 밀물과 썰물에 다이고 씻긴 이쁜 자갈을 뜻하는 제주어

양치기 소년이
당당한 이유

희망피리

선인류란 사람과 자연과
우주가 조화롭게 어우러진 삶을 사는
우리들 미래의 모습이다.

환경위기 전도사, 레스터 브라운

2011년 가을, 환경문제에 관한 가장 권위 있는 민간 연구기관이자 씽크탱크인 '월드워치연구소'의 레스터브라운 소장이 한국을 방문하는 일이 있었다. 나에게는 익숙한 이름이어서 무척 반가웠다. 나의 첫 직장이었던 환경단체에서 미국으로 연수를 간 적이 있었는데, 그때 방문했던 단체 중의 하나가 월드워치연구소였기 때문이다.

온화하면서도 인자한 중년신사의 모습이지만 환경운동에 대해 말할 때면 보이는 확고한 철학과 비전은 당시 갓 입문한

젊은 환경운동가의 가슴에 불을 지피기엔 충분했다. 물론 연구소를 잠시 방문했을 뿐인 나를 그분이 기억할 리는 만무하고, 다만 내 기억 속에 훌륭한 롤 모델로 남아 있을 뿐이다.

그를 반가워했던 두 번째 이유는, 그가 국내에서 개최한 포럼의 이름이 '벼랑 끝에 선 지구'였기 때문이다. 작년 그맘때는 나도 '위기의 지구' 전도사로 한창 발에 땀나게 돌아다니던 때였기에, 내가 아는 유명한 분이 나와 같은 이야기를 하러 온다는 것은 적잖이 고무적인 소식이었다. 머나먼 지구별 유학길에 동창을 만난 기분이랄까? 난 벼랑 끝에서 구원병을 만난 장수처럼 두 팔 벌려 환영하는 마음으로 달려갔다.

그는 지구가 당면한 4대 위기를 이야기했다. 자연재해, 식량위기, 경제위기, 수자원위기가 그것이었다. 당장 2012년부터 위기가 겹쳐서 올 것이라고 했다. 과연 고군분투하던 내 이론을 뒷받침해 줄 수 있는 훌륭한 학설이었다.

그런데 한편으론 그의 등장이 무조건 반갑기만 한 것은 아니었다. 안타깝게도, 그는 같은 주장을 벌써 수십 년 전부터 하고 있기 때문이다. 그러고 보니 20년 전에 미국에 갔을 때도 같은 얘기를 들었던 것 같은데, 그 오랜 세월 똑같은 얘기를 지치지도 않고 할 수 있다는 것이 놀라울 따름이었다.

환경과 물질문명의 위기가 보고되기 시작한 건 이미 오래전의 일이다. 1972년, 로마클럽에서 '성장의 한계'라는 보고서를 통해 급격한 경제성장에 대해 경고를 한 이래 많은 세계적 석학들의 입에서 '지구의 위기', '문명의 대전환'이란 말을 듣기는 어렵지 않았다.

'자본주의'로 대표되는 물질문명은 무한증식을 통해서 자신을 유지해 간다. 인간의 지적 진화를 위한 가장 훌륭한 도구였던 자본주의 시스템은 이제 아무도 통제할 수 없는 괴물이 되어버린 듯하다. 그 괴물은 인간의 탐욕과 이기심을 먹고 자란다는 것은 더 이상 새삼스러운 사실도 아니다.

하지만 레스터브라운이 너무 일찍 혜안이 열렸던 것일까. 수십 년 전 처음 주장할 때는 그의 이야기에 귀 기울이던 사람들이 꽤 있었는데 이제는 환경론자들의 식상한 주장으로 취급하는 경향이 많은 것 같다. 그의 주장이 꼭 필요한 때가 되었으나 사람들은 오히려 귀담아듣지 않게 된 것이다. 어느새 세계적 석학은 양치기 소년이 되어 가고 있었다.

또 다른 양치기 소년이 된 나

작년 5월에 낸 나의 책 '위기의 지구 희망을 말하다'는 어쩌면 '양치기 소년이 된 레스터 브라운 일병'을 구할 수도 있었던 책이다. 하지만 책을 낼 때부터 나 자신이 또 다른 양치기 소년이 될 수 있는 위험 또한 매우 높았던 것도 사실이었다.

어떤 문명서가 그처럼 구체적인 시기를 못 박고 인류의 위기를 경고한 적이 있었던가? 5년, 10년 후도 아니고 불과 1~2년 사이에 다가올 여러 가지 형태의 위기에 대해, 감히 시기까지 명시하여 책으로 내게 된 데는 그만큼 절박함이 있었기 때문이다. 책의 카피로 사용한 '일촉즉발'이라는 단어는 당시 나의 심경을 압축해 놓은 것이나 다름없었다.

예측이 틀릴 수도 있다는 생각을 하지 않은 것은 아니었다. 나는 예언가도 점술사도 아니며, 설령 지구인보다 훨씬 고도의 문명을 가진 존재라고 해도 미래를 예측하는 것은 함부로 할 수 없는 일이다. 더구나 여러 가지 복잡한 변수가 얽혀 있는 지구의 상황을 정확히 예측하는 것은 불가능하다고 봐야 한다. 기실 내가 말하고 싶었던 것은 언제 자연재해가 터지고

언제 광자대가 닥치는지 하는 '시기'의 문제가 아니라, 우리 시대에 일어나고 있는 커다란 흐름과 그런 방향으로 가게 하는 현실의 문제들에 대해서였다.

결국 예측은 빗나갔고, 독자들은 시기가 맞지 않은 문제에 예민하게 반응했다. 양치기 소년을 구하기는커녕 나도 또 한 명의 양치기 소년이 되어버린 것이다. 독자들의 빗발치는 질타에 한동안은 대외 활동을 줄이고 대책 마련에 고심해야 했다. 나 이번이 첫 번째이므로 수십 년 동안 같은 주장을 반복한 브라운 소장보다는 그나마 나은 처지라는 누군가의 위로는 전혀 도움이 되지 않았다.

하지만 내가 예측이 들어맞지 않은 문제로 인해 고심하고 있었던 것은 아니다. 물론 책의 저자로서는, 책 내용이 실제로 일어나지 않으면 어찌할 것인가에 대해 노심초사하기도 했음을 고백한다. 재해가 일어나도 걱정, 일어나지 않아도 걱정인 모순된 상황이었으니까. 그래도 결론적으로 양치기 소년의 말이 사실과 달라 늑대가 오지 않은 것은 다행스런 일이 아닌가.

나의 예측이 실현되지 않았기에 참으로 다행인 이유는 지구의 문제들을 치유할 시간을 조금이나마 벌었다는 것 때문이다. 그리고 내가 고심했던 부분은 바로 어떻게 현재의 문제들을 해결할 대안을 마련할 수 있을 것인가 하는 것이었다. 요행 '이번'이 아니었을 뿐 여전히 지구에 위기는 존재하며, 우리가 뾰족한 대안을 마련하지 않는 한 그것은 점점 커져서 조만간 지구 가족 모두를 위협할 것이기 때문이다.

그것이 언제가 될지 정확히 예측하는 무모한 일은 더 이상 하지 않으려 한다. 지구에 언제 어디에서 어떤 자연재해가 일어날지를 예측하는 것은, 중환자실에 누워있는 환자가 언제 기침을 하고 어떤 통증이 오며 어디로 전이될지를 알아맞히는 것처럼 의미 없는 일이기 때문이다. 중병에 걸린 지구는 그야말로 언제 어떻게 되어도 이상할 것 없는 일촉즉발의 상황이기에.

개인적으로 얘기를 해본 것은 아니지만, 레스터브라운이 왜 그렇게 오랫동안 양치기 소년이 되기를 주저하지 않고 활동을 해왔는지에 대한 이유도 여기에 있지 않을까?

왜 생태공동체인가?

현 지구의 위기에 대해 내가 생각하는 유일한 대안은 생태공동체이다. 생태공동체는 환경오염, 물질만능주의, 외로움과 인간소외 등 대부분의 현대의 문제들에 대해 돌파구를 제시해 준다.

지금 겪고 있는 지구와 인류의 위기는 다른 누구도 아닌 인간이 초래한 것이다. 이는 많은 학자들이 공통적으로 이야기하는 것이다. 그러나 인간 중심적 사고, 물질에 대한 탐욕, 자신과 가족만을 생각하고 타인과 후세대를 생각하지 않는 이기심 등 원인에 대해서는 동의하면서도 근본적 대안 마련에 대하여는 머뭇거리는 것을 본다. 과학기술이 문제를 해결해 줄 것이라 기대하기도 하고, 다른 이들에게 책임을 전가하면서 애써 외면하기도 한다. 편리함에 길든 현재의 생활방식을 바꾸고 싶은 생각이 없기 때문이다.

그러나 내가 아니라도 다른 누가 해주겠지 하는 안일한 생각으로는 더 이상 지구의 미래를 보장할 수가 없다. 당장의 불편을 감수하더라도 삶 자체를 바꾸어야 해결할 수 있는 문제인 것이다. 즉 우리 삶의 패러다임 자체를 바꿔야 하는 것인데, 이것은 지금과 같은 대도시 중심의 라이프스타일에서는 불가능하다.

현 체제에서 내가 누리는 당장의 편리는 그만큼 자연과 타인의 희생을 반대급부로 요구한다. 하나의 공산품이 내 손에 도달하기까지 겪어온 행로를 다룬 책도 보았지만, 나 혼자 착하게 살아서 해결되는 문제가 아니다. 내가 살아가기 위해 아무 생각 없이 하는 행동에서부터 나는 이미 타인과 지구에 엄청난 부담을 줄 수밖에 없다.

물건을 생산하고 소비하기까지 엄청난 에너지가 낭비되고 있다. 불필요한 포장과 운반 비용이 발생한다. 신선도를 유지하기 위해 갖가지 화학물질이 동원된다. 이 과정에서 대도시의 소비자는 땅과 함께 숨 쉬고 호흡할 기회를 점점 잃어가게 된다. 도시적 삶은 인간과 자연의 공존 자체를 어렵게 한다.

물론 쿠바와 같이 도시농업을 통해 위기를 극복한 예가 있기는 하지만 말이다.

그렇다고 지구에 부담을 주지 않기 위해 나의 삶을 포기할 순 없지 않은가? 나 하나 없어진다고 큰 도움이 될 것 같지도 않다. 그러나 나 하나가 살아 삶을 바꾸어 간다면 주위에 영향을 미쳐 다른 사람이 바뀌고, 그렇게 한 사람 한 사람이 점점 자신의 삶을 바꾸어 간다면 작은 들꽃이 모여 들판을 온통 물들이듯 커다란 변화를 가져올 수 있지 않을까. 나 하나가 먼저 바꾸기만 하면, 백한 번째 원숭이 이론처럼 언젠가는 임계치에 달하고 곧 지구 반대편까지 영향을 미치는 결과로 이어진다고 나는 믿는다. 복잡한 이론까지 갈 것도 없이 인터넷을 통해 뭐든 순식간에 전 세계로 영향을 미치는 시대가 아닌가.

지구의 위기를 심각하게 인식한 이후 책을 내기까지는 위기 부분에 초점이 맞춰져 있었다면 그 이후로는 점차 대안에 대해 이야기를 하게 되었다. 그랬다. 중요한 것은 위기가 온다는 것을 소리 높여 외치는 것이 아니라 대안을 제시하고 만들어 가는 것이었다.

강연을 다닐수록 그런 생각은 더욱 절실해졌다. 사람들은

지구가 위험하다는 사실에 대해 생각보다 더 깊이 공감해 주었고 그렇다면 어떻게 해야 하는지 먼저 물어왔다. 놀랍게도 현대인들의 마음 밑바닥에는 지금과 같은 삶이 아니라 정말 인간다운 삶을 살고 싶은 욕구가 내재되어 있었다.

나의 말이 단지 이론에 머무르지 않고 설득력을 가지려면 하나라도 실행을 해야겠다는 생각을 했다. 그래서 나의 삶을 바꾸고 타인의 삶을 실제로 바꾸어 나갈 수 있는 방법을 서둘러 모색하게 되었다. 백 마디 말보다 중요한 것은 나부터 몸으로 실천하는 것이었다. 그래서 작년 하반기부터는 강연과 저술활동보다 생태공동체를 만드는 일에 더 많은 힘을 쏟게 되었다.

공동체 마을 뚝딱 만들기

공동체에 대해서 관심을 가지고 구체적으로 생각하게 된 건 아마도 니어링 부부에 대한 책을 읽고 나서였던 것 같다. 한때 사회주의자이기도 했고 사회의 부조리한 현실에 대항하는 열정적인 사회운동가이기도 했던 스콧 니어링은 대학교수직을 접고 부인과 함께 한적한 시골인 버몬트로 내려가서 공동체를 일구게 된다.

직접 집을 짓고 땅을 일구면서 하루에 4시간은 육체노동을 하고, 4시간은 책을 읽거나 집필을 하는 등 정신노동을 하면서 보냈고, 농한기인 겨울에는 1년 동안 번 돈을 모아 2~3개월씩 해외여행을 해서 견문을 넓히는 생활을 했다. 그렇게 100살이 넘도록 건강한 생활을 하던 중 노년에 더 이상 정신노동을 할 수 없다고 판단한 스콧 니어링은 스스로 곡기를 끊고 편안하게 향천하였다.

그들의 삶을 접하고는 나도 그런 삶을 살고 싶다는 꿈을 꾸기 시작했다. 언젠가 뜻이 맞는 이들과 함께 자연 속에서 공동체를 이루고 살고 싶다는 꿈이었다. 하지만 어쩌면 대부분의 사람들이 그렇듯이 죽기 전에 해야 할 100가지 로망 같은 것이었을까. 한때 환경운동가라는 명함을 가지고 있던 나에게도 오랫동안 생태공동체는 관념적인 어떤 것에 불과했다. 서울에서의 삶의 어쩔 수 없는 한계였다.

지구의 위기에 대한 책을 내고 강연을 하러 다니면서도 마찬가지였다. 그러나 시간이 갈수록 이론과 생활의 거리감이 뚜렷이 인식되었고 나의 주장이 공허하게 느껴졌다. 이럴 때가 아니었다. 일단 서울을 떠나기로 했다.

몇 년 전부터 뜻을 같이하는 분들과 생태공동체 연구도 하고 국내외의 유명한 공동체를 탐방하기도 하면서 조용히 추진 중이던 장소가 있었다. 마음속으로 꿈을 꾸는 것과 달리 선뜻 도시를 떠나 시골에서 공동체 생활을 시작하는 것은 쉽지 않아서 그리 진행이 많이 되지는 않고 있었다. 나부터도 바쁘다는 핑계로 몇 번이나 들여다보았던가. 산 아래 척박한 땅 위에 덩그러니 집들만 지어져 있고 흔한 나무 한 그루 없는 황량한 풍경이 작년 가을 내가 입주했을 때의 마을 모습이다. 똑같은 집들이 줄지어 이십여 채 서 있는데 사는 사람은 몇 가구 되지 않아 텅 비어 있는 것이 마치 영화세트장으로 조성한 곳 같았다.

아직 하드웨어만 간신히 틀을 갖추고 있을 뿐, 마을이 되기 위해 필요한 소프트웨어적인 부분은 백지 상태였다. 생태공동체 더 나아가 '교육문화예술지식명상' 생태공동체를 표방하고 나섰지만 정작 무엇을 어떻게 시작해야 할지 아는 사람은 없었다.

우선 '생태'적인 삶부터 시작하기로 했다. 텃밭을 일구고 씨앗을 뿌렸다. 주위에 지천인 신선한 풀과 꽃을 그대로 반찬으로 상에 올렸다. 생태화장실을 짓고 수세식 화장실 사용을 중

지했다. 자연의 재료로 비누와 세제를 만들어 사용했다. 산과 들의 야생초를 채취해 효소를 만들었다. 놀랍게도 이런 일들을 할 수 있는 분들이 한 분 한 분 연결이 되었다. 처음 생각했던 대로 자급자족에는 미치지 못했지만 조금씩 마을의 모습을 갖추어 가기 시작했다.

사실 도시 생활에 길든 우리에겐 어느 것 하나 쉬운 것이 없었다. 화장실 문제만 해도 그렇다. 그저 버튼만 누르면 시원하게 물로 해결되던 것이, 번거롭게 대소변을 따로 모아야 하고 비료로 쓰기 위해 미생물 처리를 해야 한다. 수세식 화장실의 폐해와 자연의 생태순환에 대한 인식이 없다면 시작하지도 않을 일이었다. 한동안은 적응이 되지 않아 화장실을 가려고 읍내에 나가는 주민도 있을 정도였다.

함께 만들어가는 선인류 문화

물리적인 것은 차라리 나았다. 우리는 하루의 생활을 스스로 계획해서 꾸려본 적이 없다는 것을 발견했다. 어려서부터 사회에서 요구하는 대로 시간표를 만들어 살아왔기 때문이다. 아침에 출근해서 8시간 이상 노동을 하고 저녁에 퇴근하는 것이 매우 당연한 일로 여겨져 왔다. 그것이 인간적인 삶인가에 대한 의문은 먹고사는 일만도 바쁜 현대인에게는 사치에 가까우리라.

우리가 만든 공동체의 생활 시스템은 4-4-4 원칙이다. 하루에 4시간은 명상과 자기 성찰, 4시간은 공동체를 위한 일, 그리고 4시간은 개인의 취미활동이나 자아실현을 위한 일에 사용하는 것이다. 명상을 통해 만난 도반들이기에 명상시간을 가장 우선적으로 넣었으며, 공동체를 유지하기 위한 기본적인 일에는 모두 참여해야 하기에 규칙으로 만들었다. 그 외에 나머지 시간은 본인이 더욱 중요하다고 생각하는 일에 사용할 수 있었다.

그래도 가장 인간다운 삶이라고 생각해서 만든 시스템이기에 아직까지 잘 운영이 되는 편이다. 최소한의 규칙이 없으면 치우친 삶을 살기 쉽고 치우친 삶은 몸과 마음의 질병을 가져온다. 개인의 자유를 구속하지 않는 최소한의 규칙을 통해 삶을 균형 있게 사는 법을 터득하고 있다.

또한 숫자가 많지는 않았지만 아이들을 위해 학교를 만들고 돌아가면서 안내자 역할을 했다. 유아부터 고등학생까지 다양한 아이들을 교육하는 일은 공동체의 가장 큰 과제 중 하나였다. 유능한 교사 출신의 도반들이 많이 있었지만 그들도 집체주의 교육의 경험뿐이었다. 누가 누구를 가르치는 것이 아니라, 아이들과 안내자들은 크고 작은 시행착오 속에서 같이 배워 나갔다.

우리 학교엔 단지 하나의 학습목표만이 있었다. '인생에서 중요한 일을 가르치는 학교'. 인간은 왜 태어났으며 어떻게 살아야 하는지 등 삶과 죽음에 관한 모든 것을 가르치는 학교였다. 사실 아이들뿐 아니라 나를 비롯한 명상학교 수선재의 모든 회원들이 모두 그 학교의 학생들이라고 해도 과언이 아닐 것이다.

그러고도 마을을 운영하기 위해 무수한 회의를 거쳐야 했다. 수십 년간 살아온 삶을 전환하여 공동체로 올 정도로 자기 주관이 뚜렷한 사람들이기에 뭐 하나 그냥 넘어가는 법이 없고 전체의 의견을 물어서 정하는 과정을 거쳤다.

체험마을 프로그램을 운영하게 된 것도 그렇게 해서 나온 아이디어였다. 우리가 서둘러 공동체 마을을 추진한 것은 우리끼리만 오순도순 행복하게 살려고 그런 것이 아니다. 보다 많은 사람들에게 우리가 사는 모습을 통해 대안적인 삶을 소개하고자 하는 목적이 있었기에, 부족하지만 한 달에 한 번

마을을 공개하는 날을 만들었다. 가급적 꾸미지 않고 우리의 삶을 가감 없이 보여드리고자 했다.

제목은 우연히 언론에 소개된 이후 '전기 없는 마을'로 자리 잡았다. 전깃불이 없는 야외 공간에서 모닥불을 피우고 모인 가운데 소박한 음악회가 열리기도 했고, 숙박을 원하는 사람들이 있어 자연스럽게 1박 2일 프로그램으로 발전했다.

그렇게 해서, 시작한 지 1년도 되지 않았는데 우리 마을은 꽤 유명해졌다. 생태공동체를 취재한다며 기자나 학생들의 방문이 빈번한 것을 보면 점차 사람들의 관심이 이러한 방향으로 가고 있음을 알 수 있다.

또한 우리 마을뿐 아니라 몇 개의 공동체 마을이 연계하여 그림과 음악 등 문화예술 프로그램을 공동 운영하고 있으며, '역사와 고전 연구세미나'와 같은 지식공동체 프로그램도 제법 돌아가고 있다. 학생들은 원하는 프로그램과 안내자가 있는 마을을 선택해 순환 교육을 받을 수 있다. 황량하던 마을 풍경도 주민들이 틈틈이 심은 꽃과 나무로 올봄은 제법 푸릇푸릇한 모습을 보이고 있다.

일단 시작을 하는 것이 문제였던 거다. 황폐한 토양이지만 씨앗을 뿌리니 숨어 있던 필요와 욕구가 양분이 되어 금세 싹이 오르고 가지를 뻗기 시작했다. 알고 보면 활동가보다는 이상가에 가까웠던 내가 직접 공동체를 만들고 이끄는 일까지 하게 된 것은, 일차적으로는 지구의 위기를 인식하고 절박함을 온몸으로 느꼈기 때문이지만, 그 변화의 방향이 우리 시대의 욕구와 맞아떨어져 엄청난 힘을 받게 되었기 때문이다.

불과 얼마 되지 않는 기간에 많은 일들이 이루어졌다. 수십 년을 준비하고 공을 들여도 될까 말까 한 일, 아직까지 제대로 된 성공모델을 찾아보기가 쉽지 않다고 하는 '생태공동체 마을'을 어찌 됐든 1년도 안 되어 뚝딱 세상에 선보이게 된 것이다.

두 발을 땅에 굳게 딛고 있기에, 나는 이제 좀 더 힘 있게 사람들에게 지구의 위기를 알릴 수 있고 삶을 바꿔보자고 자신 있게 말할 수 있다. 양치기 소년은 확실한 늑대 예방 프로그램을 가지고 전문적으로 사람들을 설득하러 다니게 된 것이다.

사람과 자연과 우주가 함께 공존하는 시대

생태공동체에서 살게 되면서 가장 좋은 점은 뭐니 뭐니 해도 '자연'과 가까운 삶을 살게 되었다는 것이다. 언제부터인가 자연은 우리에게 너무나 먼 존재였다. 자연이 인간에게서 멀어진 것은 인간의 삶이 자연을 멀리하게 되고서부터이다. 그러나 자연은 인간을 멀리한 적이 없으며, 인간이 자연을 잊고 지내는 동안에도 묵묵히 인간과 지구를 먹여 살리고 있었다.

공동체에 살면서 자연과 가까이 지내게 되니 자연히 관심이 생기고 사랑이 생기는 것 같다. 사람들은 자연을 사랑한다지만 사실은 자연을 이용하려는 것의 다른 표현인 경우가 얼마나 많은지. 사랑한다는 것은 그 대상이 진정 바라는 것이 무엇인지를 알려고 하고 그것을 해줄 수 있는 것이라 생각한다.

땅과 벗하고 대자연에서 배움을 얻으며,
함께 나누고 사랑으로 충만한 선인류의 공동체로
여러분의 삶을 초대한다.

자연은 보호할 대상도, 이용할 대상도 아닌, 이 지구에서 우리와 함께 살아가는 가족이다. 자신과 가족을 위하고 사랑하는 만큼, 함께 살아가는 이웃과 동식물까지도 이해하고 배려하는 삶이야말로 진화한 고차원 인류의 특성이 아닐까. 우리는 그것을 선仙인류라고 이름 지어 보았다. 선仙이란 한자는 사람과 자연이 함께 있는 형상을 하고 있으며 자연은 곧 자연을 낳은 하늘과 우주를 포함한다.

선인류란 사람과 자연과 우주가 조화롭게 어우러진 삶을 사는 우리들 미래의 모습이다. 그런데 그것은 먼 훗날 먹고 살 만한 다음에 해야 할 과제가 아니라 지금 당장 자연을 가까이하고 관심을 두기 시작한다면 시작되는 기적이다. 자연이 눈에 들어오고 나면 그 모든 것을 내고 거두는 거대한 우주의 흐름이 가슴에 들어오고, 생명의 흐름을 주관하는 촘촘하고 아름다운 손길이 온몸으로 느껴지게 된다. 사유가 아닌 실천, 공상이 아닌 명상으로 그것들을 체험해 보길 진심으로 권한다.

나는 나의 책에서 밝힌 예측이 모두 틀렸기를 바란다. 재해로 한순간에 망가지기에는 지구가 너무나 아름답기 때문에……. 그럼에도 만일 재해가 일어난다면 그 이유는, 인간이 자연을 알고 사랑하는 존재가 되기를 바라는 우주의 깊은 뜻이 있음을 믿는다. 그것이 나에겐 내일 지구가 망한다고 해도 여기 한 그루의 사과나무를 심어야 하는 이유가 된다.

그래서 나는 지구의 위기는 어떤 과학도, 이데올로기도 아닌 현인류의 '선인류화'로만이 진실로 이겨낼 수 있을 것이라고 주장한다. 땅과 벗하고 대자연에서 배움을 얻으며, 함께 나누고 사랑으로 충만한 선인류의 공동체로 여러분의 삶을 초대한다.

희망피리

생태환경운동가. 숲 해설가. 기대리 선애빌 초대 원장
저서 <위기의 지구, 희망을 말하다*>

★ 저자를 양치기소년으로 만든 바로 그 책

선인류 세상을 꿈꾸며

지금까지 여러분은 '선인류'의 삶에 각기 다른 방식으로 도전하는 8명의 이야기를 읽으셨습니다. 걸어온 길은 다르지만, 지구에서 살아가는 다양한 방법 중 '생태공동체'라는 방법을 택해 더불어 하면 더 행복한 삶을 살고자 하는 사람들입니다.

이분들은 아직 새로 선택한 길에서 성공을 논할 단계에 있지는 않습니다. 이제 시작한 마을은 문제투성이고 주민들 간에 삐걱거리기 일쑤이며, 시골에선 제반여건이 부족하여 서울에서의 편리한 삶을 자주 그리워합니다.

그러나 적어도 나의 삶으로 인해 지구에 폐는 끼치지 않으려 하며, 나와 내 가족만이 아니라 모두 함께 행복하게 사는데 가치를 두는 사람들입니다. 내가 가진 것을 어려운 이웃과 나누고자 하고, 동식물과도 고통과 기쁨을 나누며 점점 범위를 넓혀 대자연과 우주까지도 거대한 '가족'으로 생각하는, 좀 '오지랖' 넓은 사람들입니다.

그러나 조금만 생각해보면, 이렇게 숨을 쉬며 살고 있다는 것이 얼마나 경이로운 일인지요……. 명상학교의 학생들인 우리는 그 가르침을 통해, 각자가 보이지 않는 수많은 분들의 노고로 이 자리에 존재하고 있음을 알게 되었습니다. 그러하기에 그 무수한 보살핌을 따라 올라가 고마움을 전하고 공존할 수 있는 방법을 모색하게 되었습니다. 그 결과가 바로 이 책에서 뚝딱 만들게 된 생태공동체 마을입니다.

우리는 이렇게 서로 연결되어 있습니다. 내가 유형무형의 많은 보살핌을 입고 살아왔듯이, 나의 생각과 행동은 곧 우주 만물에 영향을 미칩니다. 나의 작은 나눔이 돌고 돌아 맛있는 유기농 음식으로, 맑은 공기로, 성장하는 식물의 싱싱함으로, 아이들의 밝은 웃음으로 바로바로 돌아오니, 우주의 선순환이 어찌 멋지고 기쁘지 아니할까요. 그러한 아름다운 순환의 가운데에서 조화로운 삶을 사는 이상적인 모습을, 우리는 선인류라고 명명해 보았습니다.

선仙은 스스로 빛나는 상태입니다. 선인류란 맑고 밝고 따뜻한 영혼으로 스스로 빛나고 나아가 주위를 밝히는 존재로서, '정신문명'이 꽃을 피울 '지구의 미래'를 이끌어갈 거라 여겨지는 새로운 인류입니다.

우리는 대단한 문명 전환기에 살고 있습니다. 말하자면 현 인류에서 선인류, 물질문명에서 정신문명으로의 전환이지요. 지구 역사상 또 있었을까 싶을 정도로 놀라운 시대이며, 그것은 앞서 다녀간 많은 성인들이 한 목소리로 예언했던 일이기도 합니다.

그를 위해 선애빌 사람들은 생태공동체 마을을 만들어 선인류의 삶을 실험하고, 명상을 통해 자신을 비우며 실천을 통해 깨달은 바를 나누고 있습니다. 이러한 노력이 보태어져 조금씩 지구는 가벼워지고 밝아지며 그러한 시기가 앞당겨질 것이라 기대합니다.

그들의 인생을 읽으시며 무엇을 느끼셨는지 궁금합니다. 번듯한 직장과 편리한 삶을 버리고 굳이 시골을 찾아든 것이 혹시 미련하게 보였는지도 모르겠습니다. 하지만 책을 꼼꼼히 읽으셨다면 그 미련한 사람들에게서 어떤 희망을 발견할 수도 있었을 것입니다. 그 희망은 어쩌면 여러분이 인생에서 오래 찾아오던 깊이 숨겨진 희망이며, 막다른 문명의 뒤안길에서 힘들어하는 사람들에게 빛이 되는 진짜 희망일지도 모릅니다.

여기 미국 선애빌의 로어 님이 보내온 글에서 선인류에 대한 희망을 나누어 보고자 합니다. 선인류 시대가 본격 시작될 거라 여겨지는 2025년이 되었다고 생각하고 쓴 글입니다.

나는 2025년의 문턱에 서 있다. 주위를 둘러보니, 아름답고 새로운 세상이 펼쳐져 있다. 아름다운 자연과 아름다운 인간, 아름다운 하늘이 어우러져 있다. 숨을 쉴 때마다 뭇 별들이 함께 호흡하며 내 안에 기쁨과 편안함이 차오르는 것이 느껴진다. 어떻게 여기까지 올 수 있었을까?

선인류의 시대는 우주시대라고 할 수 있는 21세기가 열리면서 씨앗이 심어졌다. 그러나 본격적으로 선인류의 시대가 열리게 된 것은 2012년에서 2025년을 거치면서부터이다.
이는 장구한 지구 역사상 처음으로 맞는 기회이며 우주에서도 놀라운 행사였다. 이러한 2025년을 맞이할 수 있었던 것은 우리가 우주기운으로 명상을 하고 그 에너지와 파장을 우리 안에서 소화할 수 있었기 때문이다. 기운과 파장을 통해 우리는 자신을 바꾸고 역할을 수행할 수 있었다.

무엇보다 선인류가 놀라운 점은 인간의 격이 달라진다는 것이다. 사람들은 자신들의 에너지와 의식을 바꾸고 진화하기를 염원하지만 방법을 알지 못했다. 선인류는 수련을 통해 자신을 바꾸어 매우 높은 차원으로 진화할 수 있다는 것을 보여 주었다.

선인류는 우리가 하늘로부터 왔다는 것을 안다. 인간에게 있어 본래의 부모님은 하늘이다. 이것을 아는 것은 대단한 사고의 전환을 가져온다. 우리는 우리를 이곳에 보낸 존재가 하늘이라는 것과 우리가 살아가는 것은 하늘의 뜻에 의해서라는 것을 알고 있다. 그렇기에 항상 하늘의 뜻을 생각하고 그렇게 살기 위해 끊임없이 노력한다.

나는 나뭇잎의 움직임 속에서도 개구리의 울음소리에서도 바람의 스침에서도 하늘의 뜻을 알 수 있다. 지상의 모든 일에는 그때 이루어져야 하는 필연성과 목적이 있다는 것을 깨달았다. 자연에서, 사람들에게서 하늘의 뜻을 읽는 것은 선인류의 삶의 주요한 부분이다. 하늘과 가까워진다는 느낌은 나에게 커다란 기쁨과 행복을 준다.

고품격 선인류는 공동체를 이루어 살아가며 타인에 대해 알고 나누는 법을 알아가고, 자연과 인간, 우주와 조화롭게 살아가는 방법을 배운다. 자연을 동등한 생명체로 존경하는 법과 순리대로 대하는 법을 알아간다. 자연을 무시하고 남용하는 것이 아니라 자신과 같은 존재로 사랑한다.

선인류는 그 삶이 소박하고 자연스러우며, 기쁘고 고요하고, 밝고 순수하고 따뜻하고, 누구도 해롭게 하지 않으며 서로 나누고, 자연과 인간을 존중하고 하늘의 뜻을 알고 실행하며 아름답게 살아간다. 그러한 선인류의 공동체가 선애빌이다.

2012년에서 2025년 사이에는 지구가 변혁기를 거치면서 많은 사람들이 어려움을 겪었다. 하지만 사람들은 이제 그 모든 과정이 자신들과 지구별의 영적 진화를 위한 필연적인 과정이었음을 알고 주어진 기회에 감사하고 있다.

우리는 깨달은 것들을 다른 이들과 나누며 그들이 변화할 수 있도록 도왔다. 이런 과정 속에 지구는 점점 밝아지고 사람들은 더욱 편안해졌다. 지상은 그 초창기처럼 하늘의 뜻으로 다스려졌고, 지구의 영혼들은 눈부시게 맑고 밝고 따뜻해졌다. 우주의 인류들은 지구가 뿜어내는 빛에 이끌려 가벼워지고 밝아졌으며, 조물주님이 창조하신 이 아름다운 우주의 진화는 끝이 없었다. 실로 아름다운 광경이었다.

선인류……. 선인류는 매력적인 사람들이다. 그들은 소박하고 자연스러우며 빛의 존재들이다. 그리고 우주에서 가장 행복한 사람들이다.

- Love, Roar

이상은 높게! 그러면서도 소소한 일상의 즐거움으로 가득한 선인류 마을의 기적을 만들어가고 있습니다.

맑고 밝고 따뜻한 선인류 세상을 꿈꾸며…….

선애빌 소개

선애빌은 명상학교 수선재의 회원들이 주축이 되어 만들어가고 있는 생태공동체이자 문화 예술 지식 공동체입니다. 현대사회의 문제에 대한 대안으로 자연과 더불어 자급자족하며, 영성을 키우는 교육을 하고, 보람 있는 삶과 아름다운 마무리를 할 수 있는 선인류적 삶의 모형을 제시하고자 노력하고 있습니다. 선애仙愛란 '선을 사랑한다'는 의미로, 선애빌은 '하늘을 사랑하고, 자연을 사랑하고, 사람을 사랑하는 마을'이라는 뜻을 담고 있습니다.

● 수선재의 위탁교육기관인 (사)선문화진흥원에서는 명상과 함께 선인류의 삶에 대해 배우실 수 있고, 생태공동체를 함께 공부하고 준비하는 모임에도 참여하실 수 있습니다. 이에 관심이 있으시거나 선애빌 공동체 방문을 원하시는 분은 아래 전화와 홈페이지로 문의 바랍니다.

문의 : www.seonculture.org | 02-723-9855

선인류 마을은 마치 지구 우주선Spaceship Earth같다. 이 우주선의 승객들은 문화를 소비하는 것이 아니라 새로운 생태적 감성으로 '창조'해 내는 새로운 인류이다.

이 책을 우리가 주목하는 이유는 지구와 인류의 미래를 구원할 풀뿌리 운동에 관한 희망 보고서이기 때문이다. 우리 사회와 세계 현실에 관한 피상적인 뉴스가 아니라 직접 문제를 해결하는 믿음이 가는 보고서이기 때문이다.

세계를 변화시키는 방법은 '한 사람'의 관행을 변화시키는 것이다. 물론 제도적으로도 노력을 많이 하고 있지만, 사람들이 생활양식과 소비 형태를 재고하지 않는 한 그런 노력은 성공할 수 없다. 이 책은 그 사례를 보여준다.

정흥규 아우구스티노 신부 | 대안학교 산자연학교 교장
저서 <생태영성이야기> <오산에서 온 편지> 등

'이 사람들은 도깨비 방망이를 가졌나보다.' 지난 3월에 충북 보은에 세워진 '선애빌'에 가면서 했던 생각이다. 생태공동체 마을을 만들려고 한다는 얘기를 들은 지가 엊그제인데 50여 세대가 그곳에 살고 있었다.

한순간에 뚝~딱! 만들어 낸 공동체 마을은 도깨비 방망이 덕은 아니었다. 누구나 맞이하는 삶의 고비에서 값진 선택을 통해 '선애빌'에 이르게 된 사람들의 이야기 하나하나가 설렘을 준다. 내 삶을 되돌아보게 한다. 계속 그렇게 살 거냐고 묻는다.

전희식 | 전국귀농운동본부 공동대표
저서 <똥꽃> <시골집 고쳐 살기> 등

아픈 지구와 인간에 대한 연민, 그리고 이를 치유하려는 마음들이 모여서 태어난 것이 생태공동체리라. 성실하게 살아온 어느 날 갑자기 무릎이 꺾이며 '아, 나는 잘 살고 있는가'라는 질문을 받는다면, 그때 제대로 살고 싶다는 마음의 울림을 듣게 된다면, 이는 새로운 길을 떠나야 할 때일 것이다. 여기 생태공동체에 참여하는 이들의 자연을 닮은 이야기를 그 이정표로 삼아 보시길.

염형철 | 환경운동연합 사무총장

생명살림은 삶 자체가 그리되어야 한다. 생명살림은 스스로 그렇게 살아야 하고, 함께 실천해야 하고, 무엇보다 꾸준해야 한다. 이것이 선애빌 사람들이 우리에게 보내고 싶은 육성 녹음이리라.

정성헌 | 한국DMZ평화생명동산 이사장, 민주화운동기념사업회 이사장

아름다운 생태공동체의 사례가 한국에서도 드디어 나오게 되었다는 점이 참으로 기쁩니다. 책을 읽는 내내 마음이 편안하고 행복했습니다. 살아가는 이야기가 잔잔한 감동을 줄 뿐만 아니라 행복한 삶에 대한 근본적인 통찰을 얻을수 있는 책입니다. 이 책은 나와 자연, 사람과 사람이 서로 연결되어 있고 우리가 하나요, 사랑임을 느끼게 합니다. 명상생태공동체를 막연히 그리워하는 사람들에게 아! 이렇게 살면 되겠구나. 이렇게 만들어 가면 되겠구나! 하고 희망을 안겨줍니다.

김연희 | 전북대학교 교육학과 겸임교수, 예술심리치료사
저서 <세상 어디에도 내 집이 있다>

달리는 열차에서 뛰어내리면 살아날 확률이 얼마나 될까? 우리는 지금 브레이크가 고장 난 열차에 타고 있다. 열차 안에 구비된 온갖 편리시설에 흠뻑 빠져있는 여행객들은 기관사가 알려주지 않는 한 열차의 이상에 대해 알 수가 없다. 몇몇 회의론자들은 이를 감지하고 열차로부터 뛰어내리려 하나 성공의 가능성을 가늠할 수가 없어 주저하고 있다.

　이 책은 열차에서 과감하게 뛰어내린 평범한 사람들의 감동어린 기록이다. 생태공동체 〈선애빌〉의 성공사례는 아마도 보통 사람들의 결심을 부추기는 획기적인 분기점이 될 듯 싶다.

바우 황대권 | 생명평화마을 촌장
저서 〈야생초편지〉

이런저런 것들이 다 있어야 충만한 삶이 되는 것일까? 정말 더 많은 것들이 내게 있어야 행복해지는 것일까? 내가 선애빌에서 만난 이들은 그렇지 않았다. 최대한 자연에 가까이 다가가려 하고 오히려 더 적게 가지려 지혜를 모으며, 불편을 즐거움으로 누리고 있었다. 행복은 욕망의 충족이 아니라 덜어냄에 있다는 것을, 나만 행복한 것은 진짜 행복이 아니란 것을 선애빌 사람들은 깨닫고 다지며 살고 있었다. 자연 속에서 아름다운 삶을 위해 같이 공부하고 땀 흘리는 그 모습, 눈에서 가시질 않는다.

윤영소 | 산마을고등학교장

인류는 그동안 일구어온 문명에 자만하여 점점 더 오만해지고 있다. 생태공동체 선애빌의 자급자족하는 순리의 삶은 그 모든 것이 '겸손'이며 이는 우리 모두를 구원으로 이끌 고요한 혁명이다.

이안수 | 모티프원 대표, 예술마을헤이리 부촌장

자연과 함께 벗하여 살 수 있는 기회를 가진다는 것은 큰 행복이며, 그런 기회를 가진 분들의 이야기를 접할 수 있다는 것 또한 이 시대를 살아가는 분들에게 기회이자 행복이 아닐까 생각합니다. 진정한 자유를 찾아가는 삶이 어렵거나 힘든 것이 아니라 기쁘고 행복한 것임을 알게 되었으며, 아직도 이 사회에는 그러한 따뜻한 생각을 가지신 분들이 많다는 것을 다시 한 번 느낄 수 있는 소중한 시간이었습니다.

성전스님 | 불교방송 '행복한 미소' 진행자
저서 <어떤 그리움으로 우린 다시 만났을까> <행복하게 미소 짓는 법> 등

인류문명의 대전환기를 맞고 있다는 이 시대, 위기는 총체적이며 전면적이다. 지금 우리에게 주어진 절박한 과제는 우선 살아남기이며, 그리고 제대로 살기이다. 그 길은 생명의 근원인 땅으로, 자연과 함께하는 삶의 자리로 다시 돌아가 생태순환의 삶과 문명을 일구어내는 오직 그 한 길뿐이다. 지금 생태공동체를 서둘러 만들지 않으면 안되는 까닭이 이것이다. 위기에 함께 대처하면서 사람과 뭇 생명이 생기와 신명으로 더불어 살아가는 삶터가 곧 생태공동체이기 때문이다.

　이 책은 바로 당면 위기의 실천적 대안인 생태공동체를 왜 그리 빨리 만들지 않을 수 없었는지, 또 어떻게 그렇게 만들 수 있었는지에 대한 기록이자 친절한 안내이며 절실한 초대이다.

이병철 | 생태귀농학교 교장

＊귀한 서평과 추천사를 보내주신 분들께 감사드립니다.

생태공동체

뚝딱 만들기 마을의 기적을 이루어가는 '선인류' 이야기

1판 1쇄 | 2012년 7월 10일
1판 2쇄 | 2012년 8월 27일
지은이 | 시골 한의사 외
기 획 | 배움공동체 집현전
엮은이 | 장미리
펴낸곳 | (주)도서출판 수선재
펴낸이 | 서대완
편집팀 | 윤양순, 최경아, 김영숙
마케팅팀 | 김대만, 정원재, 김부연
출판등록 | 1999년 3월 22일 (제 1-2469호)
주소 | 서울시 관악구 은천동 905-27 1층
전화 | 02)737-9455 | 팩스 02)6918-6789
홈페이지 | www.suseonjae.org
전자우편 | ssjbooks@gmail.com

ISBN 978-89-6727-039-1 03810